木嶋隆太
illustration 卵の黄身
ハズレスキル『ガチャ』で追放された俺は、わがまま幼馴染を絶縁し覚醒する
～万能チートスキルをゲットして、目指せ楽々最強スローライフ！～

クレスト・
ハバースト

俺がその箱を開いた瞬間、
宝箱から四種類の玉が飛び出した！

「わたくしは、クレストに会って戻ってきてもらうように話しますわ」
エリス・リフェールド

「あっそ、やっぱりクレストのこと、何もわかっていない」
ミヌ・ミシシリアン

「なら――こっちも
好きにさせてもらうぜ！
ファイアキャノン！」
アリブレット・
ハバースト

「俺はここで生きていくって
決めたんだよ。
あんたについていく
つもりはない」

『人間に見えますか？』
？
ゴブリン・クイーン

ハズレスキル『ガチャ』で追放された俺は、わがまま幼馴染を絶縁し覚醒する

～万能チートスキルをゲットして、目指せ楽々最強スローライフ！～

木嶋隆太 illustration 卵の黄身

HAZURE SKILL『GACHA』

Kizima Ryuta presents
illustration by Tamagonokimi

CONTENTS

HAZURE SKILL
『GACHA』

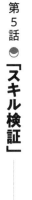

プロローグ　「鑑定の儀」

「クレスト。おまえの鑑定の儀、期待しているぞ」

父の言葉に、俺は自信をもって頷いた。

……今日で十五歳になる。

鑑定の儀とは、神よりスキルを授かるというものだ。

鑑定の儀は、教会で行われる。

平民などであれば、教会に行ってただ受けるだけで終わる。

だが、俺は貴族、それも公爵家の五男だ。

そういうこともあり、他の貴族たちへのお披露目という意味もあって、人を集めて鑑定の儀が行われる。

俺は教会へと向かうため、父とともに家を出る。

騎士や使用人がすっとこちらに頭を下げてくる。

それに軽い挨拶を返していると、父が鼻をならした。

「クレスト、使用人にいちいち頭を下げるな。おまえは公爵なんだぞ」

「……すみません」

つい、癖で俺が返事をしていると父が苛立った様子でそう言ってきた。

普段ならば、さらに小言を言われていただろうが今日の父は機嫌が良く、それだけで済んだ。

ほっと胸を撫でおろす。

貴族としての示しをつけるため、使用人や騎士には厳しく接するように言われていた。

庭には馬車が用意されていて、俺たちはそれに乗りこんだ。

俺たちの護衛である騎士も馬車内へと入ってきて、ようやく馬車は出発した。

ご機嫌な父を見て安堵しながら、俺は馬車内から王都の街を眺めていた。

大きな建物がずらりと並ぶ中、王都のシンボルである時計塔が大きな音をあげる。ちょうど、朝の九時を告げる鐘が王都内に響いたところだった。

それに合わせるように、街には徐々に人が増えていく。

その中を、我が家――ハバースト家の馬車が抜けていく。

馬車から見えた窓の外の人々は、馬車につけられた家紋を見て慌てた様子で頭を下げている。

それに息苦しさを感じながらも、俺は今日からこの家の正式な家族として認められるのだと少しだけ嬉しくも思っていた。

……実を言うと、俺の家での扱いは非常に悪かった。

というのも、俺が生まれた時に、母が死んでしまった。特に我が家では母の存在が大きかったため、母を傷つけて生まれてきた俺は悪魔の子どもと言われていた。

それでも俺が何とかこうして五体満足で生きていたのは、同じ公爵家の息女《そくじょ》に婚約を申し込まれたからだ。

つまりまあ、俺の価値は政略結婚の道具くらいしかなかったわけだが、今は違う。

実は、俺のスキルが大当たりのスキルだと分かったからだ。

「それにしてもおまえが一週間前に見たという夢……本当に凄いスキルをもらえるようだな！」

父が上機嫌にそう言って、俺は頷いた。

十五歳を迎える前に、人は神夢《じんむ》を見る。

神夢とはすなわち、神様が与えてくれる夢だ。

その夢によって、神から与えられるスキルの紹介をしてもらえるのだ。

そして俺のスキルは――『ガチャ』。

神夢で見た限りでは、ガチャを回し、ランダムなスキルを獲得できるというものだ。

スキルを獲得できるスキル。多くの人が一つのスキル、多くても三つ程度しかスキルを持たない中、俺はガチャを回し続ければスキルを無限に獲得できる。

このスキルが弱いはずがなかった。

「教会には、私の関係者をたくさん呼んでいる。そこで、おまえのスキルのお披露目だ！　まさか、スキルを手に入れられるスキルだなんてな……素晴らしいな！」

「……はい、分かっています」

あまり家族のことは好きではなかったが、それでもやはりこうして父親に笑顔を向けられるのは悪い気はしなかった。

母親殺しとしての立場も『ガチャ』スキルのおかげで変わってくれる。

早く、スキルを使ってみたい。

俺はドキドキと高鳴る鼓動を抑えながら、教会に着くのを今か今かと待ち続けた。

○

教会に着いてすぐに鑑定の儀へと移る。俺は教会の隅の方に移動し、そこで鑑定の儀の準備が整うのを待っていた。

会場はざわざわとしていた。

ちらと背後を見ると、用意された座席にずらりと貴族たちが座っている。

みな、期待するようにこちらを見ていた。

俺の神夢の内容は事前に知らされているため、皆が俺のスキルの効果を知っているんだ。

そのたくさんの期待に応えきれるかどうかは分からないが、悪くない気分だった。

「クレスト」

聞きなれた声に名前を呼ばれ、思わず体がびくりとはねた。

振り返ると……そこには美しい女性がいた。

予想通りの人物に、頬がひきつった。彼女は美しい金髪をかきあげるようにしながら、こちらへと一歩近づいてきた。

「え、エリス。きょ、今日は……こちらには来られないと聞いていましたが」

つい、言葉が詰まってしまった。

「そんな……婚約者であるクレストの鑑定の儀なのですから……多少体が優れないくらいで休むわけにはいきませんわ」

エリスは……俺の婚約者だ。誰が見ても、文句なしの美少女であったが、それはあくまで人前での姿だ。

俺はエリスが苦手だ。昔はそうでもなかったのだが、俺が貴族学園に通い始めてから、エリスの様子がおかしくなり、そして今では、散々な扱いを受けていた。

というのも、エリスはかなり性格がその——ドSだ。

人をいたぶることで満足するような奴で、俺は婚約者ということもあって特にその被害にあっていた。

あまり会いたい相手ではなかった。

元々、風邪を引いたとかなんとかでエリスはしばらく屋敷に引きこもっているという話だった。

だから、今日も来ないのだと思っていたんだけどな。

「そ、それは、そうでしたか。ですが、無理に来られなくても」

「婚約者の晴れ舞台ですもの。無理をしてでも来ませんと」

……人前だからか、普段のような厳しいことを言ってくる様子はない。

とりあえずほっと胸を撫でおろしていると、

「夢の通り、素晴らしいスキルであれば、良いですわね」

にこにこと微笑んでいた彼女だが、どうにも怒っている様子も感じ取れた。

怒っている理由はなんとなく分かる。

エリスは俺をいじめることに快感を覚えるような異常な人間だ。

これまで俺は、生まれや立場もあって、それをネタにエリスにはいじめられてきた。

だから、俺をいたぶるネタが減るということが、エリスにとってはつまらないことなんだ。

もしも、俺がスキルを使えるようになり、さらに目立つようなことになってしまったら、エリスの俺へのいじめもさらに増すかもしれない。

い、いや。いつまでも怯えてはいられない。

このスキルとともに、ここから俺の新しい人生が始まるんだ！

エリスが俺に何もできないくらい、俺が優秀で有名になればいい。ただそれだけのことだ。

「はい、そうですね。エリスの隣に並べるような素晴らしいスキルを期待しています」

当たり障りのない返答をすると、エリスは頬を赤らめて頷いた。

「それでは、また今度。お屋敷に遊びに行きますわね」

「た、楽しみにしています」

社交辞令だ。でも、こう言わないとエリスはきっと怒るからな。

珍しくそれ以上何も言ってこなかったエリスが席へと向かう。

俺は知り合いに軽い会釈をしながら、用意された鑑定石の前まで歩いていった。

そこには司教がいて、俺をじっと見てくる。

「クレスト・ハバーストよ。これより鑑定の儀を行う。準備は良いな？」

「はい！」

司教の言葉に俺は元気よく返事をする。

すでにスキルの名前、効果を知っているんだから、緊張なんてない。

「この石碑に手をかざすんだ。神が与えてくださったスキルがここに表れるだろう」

俺の眼前には大きな長方形の石があった。

俺はそれに片手をかざす。

石碑が一度光り、文字が刻まれる。

期待の声がもれる。

そして、文字が完全に読める状況になった瞬間、集まった皆から驚きの声が漏れた。

『ガチャ』

スキルは一つだけ。

これまでに発現したことのないスキルだ。

夢で事前に情報を得ていなければハズレスキルと馬鹿にされていたことだろう。

だが、今会場の空気は最高潮に達していた。

「ほ、本当に『ガチャ』のスキルじゃないか！」

「あのスキルによって、新しいスキルを獲得できるのか……！」

俺が事前に言っていたスキル名とまったく同じだったため、皆が興奮していた。

皆の期待する視線を見て、父が微笑む。それから、俺のほうへとやってきた。

「それでは、クレスト。さっそくガチャというスキルを使用し、新たなスキルの獲得を行ってくれないか？」

「分かりました」

俺は自分の眼前にスキルを発動する。

『ガチャ』と念じると、ウィンドウが表示される。この辺りは、事前に夢で聞いていたので驚くことはなかった。

ただ、周りの人にこの画面は見えていないようだ。

『四月開催記念ガチャ！　これでキミも薬師デビュー!?　三点ピックアップガチャ開催！』と書かれたガチャを確認する。

え!?　ガチャにあるピックアップスキルはどれも有能なスキルばかりだ！

『薬師』、『鑑定』、『栽培』の三つ。これらがあれば、薬師として店を開けるだけの力がある！

これを俺はガチャによって手に入れられる！

そして、ガチャではこのピックアップされたスキル以外も手に入れることができるというのを神夢で知っていた。

本当に凄まじいスキルだな。

おっと、いけない。俺一人でこんなに盛り上がっていてはダメだ。

みんなには見えていないから説明しないとな。

「今、私の目の前にはガチャの画面が出ています。一回ガチャ、十一回ガチャとありまして、あとはこのガチャを回すだけで――」

皆に状況を説明しながら、俺はガチャを回そうとして――そこではたと手をとめた。

まずはとりあえず一回ガチャで様子を見ようと思ったのだが……回せない。

眼前に表示された、『ポイントが足りません』という文字を見てそれまでの期待が一転、焦りへと変わる。

「どうした、クレストよ」

ニコニコと微笑んでいる父と、期待するような貴族たち。

それがさらに俺を焦らせてくる。

……ぽ、ポイントってなんだ⁉　なんで回せない？　なんでポイントはないんだ⁉　夢ではガチャを回していたじゃないか！

焦りながら、一回ガチャと十一回ガチャを連打したが、どちらもポイントが足りないと表示される。

よく見れば、右上のところに表示されているポイントは0。

一回ガチャを回すのに、ポイントは500必要なようだ。

どうやってポイントを貯める⁉　そんなこと、夢では一切触れていなかったぞ⁉

「クレスト、もうスキルを手に入れたのか？　ならば、それを実演してみてくれないか？」

「……」

期待してこちらを見てくる父に、俺は冷や汗がたれた。

正直に話せば、父はどんな顔を向けてくるだろうか？　貴族たちは？

「が、ガチャは、今は……回せないんです」

「回せない？　どういうことだ？」

父の声が一瞬で怒りを含んだものになる。

と、教会に来ていた兄たちが、くすくすと笑った。

これ幸い、とばかりに兄たちは俺のほうにやってきた。

「クレスト、まさかおまえ……俺たちを騙していたのか？」

「スキルを偽るなんて……おまえ、まさかそんな重罪を犯したのか？」

兄たちがそう言ってくる。

……兄たちは、これまで俺を馬鹿にし続けてきた。

そんな俺が、優秀なスキルを手に入れられることに彼らは嫉妬していた。

だからこそ、この発言だった。

さらに言えば、恐らくはこの状況で俺に『騙されていた』、と言うことでハバースト家ではなく、俺に敵意が向くようにしているのだろう。

「ち、違います！　俺はちゃんと夢でこのスキルについて見たんです！」

「嘘つけ！　なら、早くスキルを獲得してみせろよ！」

次男がそう続いた。

彼らと話をしている場合ではない。どうにか、どうにかポイントを手に入れないと！

「が、ガチャを回すのに必要なポイントがないんです！　そ、それさえあればガチャを回せます！」

「おいおい、今度はそんな嘘ついてどうするつもりだよ？　ポイントが貯まるまで家に置いてくださいってか？」

三男がそう続ける。

俺の目の前には本当にガチャの画面があるんだ！

ポイント、ポイントさえあれば、すぐに証明できるのに！

どうしてポイントがないんだよ！

「ち、違います！　信じてください！」

「じゃあ、ポイントはどうやって貯めるんだ？　兄さんたちが手伝ってやるよ？　ほら、言ってみろよ」

トドメとばかりに、四男がそう言った。

ポイントの集め方はどこにも書いていない。

「そ、それは……分かりません」

ポイントに関しては、夢でも一切触れていなかった。だから、答えようがないんだ。

俺の言葉を聞いた兄たちが大笑いした。

「嘘をつくなら、きちんと考えてから言えよな。父上、この嘘つきの処罰はどうしますか？」

長男が父にそう訊ねる。……父の顔からは、感情の一切が消えたようだった。

さっきまで向けてくれていた温かな瞳はなく、その恐ろしいまでに冷えた顔に、俺は喉がきゅっと絞められたような思いを味わった。

「ち、違います！　嘘はついていないんです！　ポイントさえ貯まれば――！」

俺が必死にそう説得すると、貴族たちがくすくすと笑う。

そして、それは――父に対してもだ。

……自分の息子の嘘に騙され、わざわざこうして集めた馬鹿な親。

まるで、貴族たちの笑みはそんな意味がこめられているようで――。

「夢のことも、すべて嘘だったのだな」

「ち、違います！　本当に見たのです！」

「黙れ！　このクズが！」

父が激怒する。

俺が必死に説明しようとした時だった。エリスが俺のもとにやってきた。

「嘘をつくなんて、婚約者として最低ですわね」

エリスが冷たい目とともにそう言った。

俺は、俺は……結局何も変わらないのか？

それから、数日。

エリスとの婚約もなくなり、俺が家から追放されることが決まった。

第1話 「下界への移動」

「本当に馬鹿なことを考えたよな、クレストは」

「な。あのまま家にいれば、エリス様のところに婿入りでもして生活できたはずなのにな」

俺を連行する騎士たちが、御者台でそんな話をしていた。

くすくすと小馬鹿にしたような笑い声に、悔しさが込みあげてきた。

馬車内にいた騎士もその声が聞こえたようだったが、ピクリと反応しただけで何も言わなかった。

違う、嘘じゃないんだ……そう言っても、誰も俺の言葉を信じてはくれない。

さっきの騎士が言っていたように、自由こそなかっただろうが、俺は貴族として人生を終えるだけの立場だった。

わがままで、人を奴隷のように扱う婚約者とはいえ、な。

それが、公爵家に生まれるということだった。

だから、こんな嘘をつく理由なんてないのだ。

そう訴え続けたが、誰も信じてはくれなかった。

——俺は罪人と同じ扱いを受け、馬車に乗せられていた。

手枷《かせ》、足枷を軽く動かす。じゃらりと鉄製のそれらが音をたて、騎士に睨みつけられる。

下手な動きは見せるな、ということだ。

別に今さら何をするつもりもない。

この馬車の向かう先は、転移魔法陣だ。

その転移魔法陣は魔物がいるとされる下界へと繋がっている。

やがて、転移魔法陣が見えてきた。

俺も何度か遠目で見たことがある。

あの時は、罪人を下界送りにするため……だったか。

まさか、今度は自分がそれに乗るなんて思いもしなかった。

幾何学模様の魔法陣が地面に描かれている。

魔力を込めることで、魔法陣の上に乗った人を下界へと転移させられる。

そこには、父と兄たちの姿があった。

エリスはいない。

元々、鑑定の儀の時も体調が悪かったと言っていたからな。

そもそも、万全の状態でもエリスが俺を見送りに来ることはないのではないだろうか？　いや、エリスの場合俺が絶望する顔を見たくて足を運んでいたかもしれないな。

その魔法陣へと俺は歩いていく。

父は未だに怒りが収まらないようで、こちらを見ると目を鋭く尖らせた。

兄たちは、いつものような馬鹿にした顔で俺をあざ笑っている。

「父上、俺は嘘をついていません」

「ならば、ここで証明してみせろ。スキルを獲得できるのだろう？　そうすれば、その枷を外してやる」

「……できません」

「嘘つきめがっ」

……違う。嘘をついているわけではない。

本当に、ポイントさえあればガチャを回せるんだ！

それでも、俺は証明する手段を持っていない。ガチャの画面は、俺以外には見えていないからな。

魔法陣の中央に置かれた俺は、そこで手枷を外された。

足枷はついたままで、騎士が鍵を渡そうとしてきたところで彼に声をかける。

「……せめて、剣を持たせてはくれませんか？」

下界には魔物がいる。このまま放り出されたら死ぬだけだ。

だから俺はそう声をかけたのだが、兄たちがげらげらと笑った。

「何ふざけたこと言ってやがる！　嘘つきの罪人が！」

「そうだそうだ！　さっさと魔物に食い殺されちまいな！」

しかし、俺はそれに対して言い返す。

「罪人が下界送りされる本来の理由は、下界にいる魔物を討伐するという名目だったはずです。

公爵家の者が、個人的理由を主張するのは、問題ではありませんか？」

「それを、神様に対して嘘を吐いた人間が言うのか？」

父が苛立ったような声を上げる。

スキルを手に入れるスキル、として父はたくさんの人を呼んでいた。

それを俺は、止めるべきだった。

あるいは、スキルの検証が済むまで、俺が黙っておけばよかったのだ。

みんなに認められたくて、浮かれてしまっていたんだ……。

「……ですが、お願いします。下界の魔物を一体でも多く倒し、この上界が長く安全に暮らせるようにしたいんです」

そんなつもりはない。

ただ、この正当な理由を並べ、せめて魔物への対抗手段を手に入れておきたかった。

その時だった。

俺の見張りをしていた騎士が、こちらへとやってきた。

それから彼は、腰にさげていた剣を外した。

「これを使うといい」

「……ありがとうございます」

ちらと俺は自分の家族たちを見たが、騎士の行動を咎《とが》める者はいない。一応、俺の言葉は正論だったからだろう。

騎士が俺の腰に剣をつけてから、俺に鍵を渡してきた。

しっかりとそれを握っておいた。

俺が転移した後、足枷を外せるようにだ。

すべての準備が整った。

騎士を含め、皆が魔法陣から離れる。万が一巻き込まれれば、一緒に下界での生活を送ることになるんだからな。

皆が十分に離れたところで、魔法陣が強い光を放つ。

強烈な光に思わず目を閉じる。同時に、浮遊感のようなものが体を襲った。その中でも鍵と剣だけは手放さないようにぎゅっと握りしめる。

光はすぐに収まり、目を開けるとそこは森だった。高い木々はもちろん、雑草が好き勝手に伸びている。足元を見れば、緑色の葉がいくつも転がっている。

鬱蒼《うっそう》とした森の中では、何かの鳥や虫の鳴き声が響いている。たまに遠くから、何かの魔物と思われる鳴き声がとどろく。それらが、俺を食べに来ないことを祈りながら、俺は足枷を外した。

ようやく自由になった足を軽く動かす。同時に手首も何度かひねり、軽い準備体操をする。

下界は魔物だらけと聞くからな。ここからは、体力勝負だ。

準備体操を終えたあと、改めて周囲を見る。

「……ここが、下界、か」

もちろん、俺の声に誰も返事はしてくれない。いや、返事があったらそれはそれで嫌だけどな。

下界というのは、魔物が跋扈《ばっこ》する場所だ。

とてもじゃないが人間は暮らせない。

俺が先ほどまでいたのは上界と呼ばれ、基本的には人間だけが暮らしている世界だ。

上界と下界は、実は転移魔法陣以外でも行き来ができる。国内で一か所だけ、繋がっている場所がある。

とはいえ、そこには頑丈で強固な門がある。何よりそこには警備の人間が配置されていて、容易に下界の者が上界には上がれないようになっていた。

犯罪者の中でも重罪を犯した者が転移魔法陣に乗せられ、この下界へと移動させられる。

転移魔法陣は下界のどこかにランダムで飛ばす魔法で、古《いにしえ》より伝えられてきたものだ。

その仕組みは、未だ解明されていない。ただ、便利だから貴族たちはよく使っている。

とりあえず、これからどうするかね。

サバイバルの知識はそれなりにある。貴族学園の騎士学科に通っていたからな。

それに、兄たちにいじめられたおかげもあり過酷な環境での生活には慣れている。

この状況で、諦めるつもりはない。

――絶対に死んでたまるか。この下界で、俺は生き抜いてやるんだ。

腰に差した剣を軽く振り、調子を確かめる。

……とりあえずは問題なさそうだな。

しばらく歩いていると、魔物のうめき声が聞こえた。

視線を向けると、魔物がいた。オオカミのような魔物だ。

図鑑で見たことがある。たぶん、ウルフだ。

「ガルルル……」

上界では魔物自体をほとんど見かけない。

俺も戦ったのは一度だけだった。それに、下界の魔物は上界の魔物に比べて強いとされる。

果たして、俺が戦えるかどうか、だな。

……まったく、自信がないわけではない。単純な剣の腕だけなら、俺はそれなりに自信があった。

これでも、騎士学科では首席だったからな。

剣先を威嚇するように動かしていると、ウルフが飛びかかってくる。

その一撃をかわし、剣を振るが当たらない。思っていたよりも、ウルフの動きが素早い。

足を振りぬき、土をかける。

その土は真っすぐにウルフへと向かい、今まさにこちらへと攻撃してこようとしたウルフの目を潰した。

「ガアウ⁉」

今だ。勢いよく剣を振り下ろし、ウルフの首を切断した。

なんとか、倒せたな。ずるりと倒れたウルフを見ながら、思った以上に動いてくれた体にほっと胸を撫でおろす。

学園に通わせてもらったおかげだな。

俺は小さく息を吐きながら、騎士にもらった剣を改めてみた。

……良い剣だな。近くの葉で血を拭い落とした。

ウルフの死体は貴重な食料になるよな。血抜きをしておこうか。

あとは、火でもつけられればいいんだが。

ガチャってのは火くらい起こすことはできないんだろうか？

そんな気持ちでガチャを発動した瞬間だった。

あ、あれ⁉

「……ポイントが入っているだと⁉」

入っていたポイントは１００。

しかし、俺が下界送りにされるまでの一週間の間、何をしても手に入らなかったポイントが何で今になって増えたんだ⁉

何がどうなって――まさか！

先ほど倒したウルフの死体を見る。

ポイント獲得の条件は、魔物の討伐か？

嬉しかったのだが、でもどっちにしろ、上界にいたままではハズレスキルと言われていたかもな。

だって、魔物は上界にはほとんどいない。今のウルフ一体で１００ポイントなら、ガチャを回

すには最低でも五体は倒さなければならない。
魔物五体と戦うなんて、一生かけてあるかどうかというほどだ。
あーくそ！　神様はなんであんな期待を煽《あお》るような夢を見せてきたんだよ！
上界で使いにくいスキルです、とか教えてくれれば良かったのに！
だが、下界でなら話は別だよな。ここにはたくさんの魔物がいるんだから。
とりあえずは、ガチャを回すために、魔物を倒さないと。
これだけ苦労して、ロクなスキルじゃなかったら怒るからな、神様！

○

魔物を倒せばポイントが入ると分かった。
ならば、とにかく魔物を探さないといけない。
やることが決まったため、すぐに動きだす。
この辺りにいるのはウルフが多いようだ。
先ほど倒した死体の臭いにつられたようで、ウルフと交戦する。
敵は一体だった。問題なく勝てた。
……ただ、少し心配もある。
ここで怪我をすると、どうしようもなくなるということだった。

回復魔法スキルが手に入れば、傷の治療もできるだろうが。

とにかく、怪我をしないように立ち回らないとな。

問題はそれだけじゃない。

暗くなる前に安全な場所を見つけないと、休めない。

さすがに不眠不休で魔物と戦い続けるわけにもいかない。

俺は休めそうな場所を探しつつ、魔物を探して歩いていく。

そして、ウルフを見つけて仕留めると……。

「よし、やっぱりポイントは増えているな！」

とりあえず、一体倒せば100ポイントが手に入る。

地道に稼ぎ、ようやく500ポイントを貯めることができた。

ガチャ画面を開くと、きちんと右上に500ポイントと表示されている。

これで、一回ガチャができるな。

けど、右の十一回ガチャは一回多いのに、5000ポイントなのか。

どうやら、まとめてガチャを引いたほうが、500ポイントお得なようだ。

スキルを今ゲットすれば、魔物狩りの効率が上がるかもしれない。

けど、今のペースで魔物狩りができなくなった時、この一回分のガチャは非常にお得なものになる。

俺は改めて、ガチャをよく観察する。

４月１日から４月30日までこのガチャは引けるようだ。

今日は４月14日だ。

５月になったらどうなるのだろうか？　そこが少し気になったが、今はそんな先のことはいいか。

さらに、ガチャをよく見ていく。

ピックアップ、と書かれているスキルがある。

ピックアップスキルは、薬師、鑑定、栽培の三つだ。これらが有能なスキルなのは、俺も良く知っている。

……ピックアップってことは、この三つのスキルが出やすいってことでいいんだよな？

薬師といえば、ポーション製造のためには必須のスキルだ。

鑑定だって、あらゆる物の情報を得るためには必要なスキルだ。

この二つがあれば、このサバイバル生活を生き抜くことだって不可能じゃなくなる。

特に、怪我をしてもポーションで回復できるとなると、心強い。

「とりあえず、薬師だけは手に入れないとな。さて、もう少し頑張るか！」

ひとまず、この調子で魔物狩りをして、ポイントを稼いでみよう。

頑張って５０００ポイントまで貯められれば、そっちのほうがお得だしな。

一応、ウルフ相手には問題なく戦えている。

ガチャスキルを手に入れてから、体が軽い。スキルを手に入れることで、肉体が強化されるという話も聞いたことがあるので、恐らくはそのおかげなんじゃないだろうか。

俺はウルフの死体を並べ、それから周りに小さな穴を作る。

そうして、獲物を待つ。

現れたのはゴブリンだ。

ウルフの死体を食べようとしたのか、近づいてくる。そして、僅かなくぼみに足をとられたようだ。

「よしっ！」

子供の悪戯みたいな罠だったが引っかかってくれたな。

足をとられている間に、駆け出す。

俺を見て慌てた様子のゴブリンが体を起こしたが、それより先に剣で首を切り落とした。

入ったポイントは１００ポイント。

とりあえず、この調子で魔物狩りをしていこう。

ゴブリンの肉はあまり食べたいとは思えないので、その死体を有効活用させてもらう。

ゴブリンの死体を罠とするため、風上に置く。

臭いにつられた魔物が罠にかかるように軽く穴を掘って、そこに枯れ葉を置いた。

そうしてまた姿を隠し、罠にかかった魔物を仕留めていく。

昼を過ぎたあたりで、腹がぐぅと鳴った。

一応、屋敷から出る前に食事はさせてもらっていたが、ずっと体を動かしていることもあって腹が減ってきてしまった。

「肉はあるんだけど、さすがに生はな」

火を起こす手段も探さないとな。生肉を食べるのは最終手段だ。

俺は見つけた川で水分補給をしながら、魔物狩りを再開する。

魔物狩りは順調だった。今ポイントは２０００まで来た。

太陽の位置を確認しながら、再び魔物狩りをする。

川伝いに森を移動しながら、体を休める場所も探していく。

どこか、いい場所があればいいんだが。

もちろん、その途中でも魔物を倒していく。

一時間で五体程度のペースで狩れれば、暗くなる前に目標の５０００ポイントに到達できるんだ。頑張れ俺！　自分を励ましながら、足を動かす。

現状魔物がいなくて困るということはないので、ペース的には決して難しくはない。

移動、戦闘、移動、戦闘を繰り返していく。

騎士として訓練を積んだことがあるとはいえ、さすがにこれだけ連続で戦闘を繰り返すのは体への負担が大きい。

けど、泣き言は言っていられない。

ここで妥協してしまえば、次の朝日を見れないかもしれない。

俺は汗をぬぐい、魔物を倒していく。

だが、そこで問題が発生した。

俺がウルフを倒してポイントを確認した時だった。

「あれ!?　ポイントが増えてない!?」

なぜか、ポイントが増えなかったのだ。

どういうことだ？　そのあと、確かめるためにもう一体のウルフを仕留める。

……やはり、ポイントが増えない。

何がどうなっているんだ？　じんわりとした焦りがあった。けど、こういう時こそ、落ち着かないといけない。必ず、俺の行動のどこかに理由があるんだ。

狩り方が悪かった？　いや、これまでと同じだ。なら……狩りすぎた？

妥当な理由だと、これかもな。同じ魔物で稼げるポイントには、制限があるのかもしれない。

これは想定外だ。いや、悪いことばかり考えてはいけない。今は自分がすぐにガチャを回さなかったことを褒めよう。

この下界で、俺が倒せる魔物がどれほどいるのか分からない。俺は無限にガチャを回せるわけじゃない。だから、一回とはいえお得な十一回ガチャを回すことこそが、この下界で生きるのに必要なことなんだと思う。

ウルフとの戦闘はやめ、ゴブリン……。そして、運良く新たにファングラビットを発見した！

ファングラビットがこちらをじっと見てくる。俺が剣を構えると、鋭い牙を向けるようにして飛びついてきた。

「速いなっ！」

ただ、ファングラビットの攻撃は跳躍を伴った突進だ。直線的な動きであるため、回避は難しくない。

かわしながら、その体を切り裂くと、ファングラビットはよろりと倒れた。

「ポイントは⁉」

すぐにガチャ画面を確認する。新種の魔物は……問題なく１００ポイント入ってくれた。これなら、５０００まで稼げそうだ！

ただ、この辺りはどうもウルフが多いようで、狩りの邪魔となっていた。

ウルフが少なく、ゴブリンとファングラビットが多い場所を探して歩いていく。

そうして狩りを続けて、陽が沈み始めた時だった。

俺はファングラビットに剣を振り下ろし、動かなくなったのを確認してからガチャを開いた。

――５０００ポイント。その数字を確認して、こみあげる嬉しさに拳をつきあげた。

「……やった。……って、早くガチャを回して、拠点に戻らないと――！」

途中見つけた洞穴で、今夜は休むつもりだった。

俺はすぐにガチャ画面を開き、それから軽く祈りをささげる。

何のスキルが出るのかは分からない。俺を嵌めた神に祈るというのも悔しいが、仕方ない。

ガチャに入っているスキルも、鑑定と薬師と栽培以外は何も分からない状態だ。

お願いだっ！　せめて今夜を乗り切れるだけのスキルを俺に与えてくれ！

強く祈りながら、俺は十一回ガチャのボタンへと指を伸ばした。

指先が震える。

十一回ガチャを押した瞬間だった。俺の眼前に宝箱が現れた。その表面はきらきらと輝いており、スキルが発動したのだとすぐに分かった。

……これで、どうするんだ？　俺がその箱を開いた瞬間、宝箱から四種類の玉が飛び出した！

銅色、銀色、金色、虹色の玉だ。

銅色は四つ、銀色が四つで、金色が二つ、虹色は一つだ。

そういえば――俺は神夢で見たガチャスキルの解説を思い出す。

ガチャスキルにはレアリティがあるんだったか？

虹色が一番良く、金、銀、銅という順番だ。

つまり、虹色が出たということは、とりあえず最高レアリティのスキルを一つ獲得できたということになる。

とりあえず、銅色から見ていくかな？　確か夢では、これらに触れていって体に吸収していたよな？

空中に浮かんでいた銅色の玉へと手を伸ばすと、俺の体へとスキルの玉が吸い込まれていく。

スキルを獲得すると同時、俺は自分の所持しているスキルを眼前に表示できるようになった。

先ほど獲得したスキルは、この四つだ。

《銅スキル》【力強化：レベル1×2】【俊敏強化：レベル1】【魔力強化：レベル1】

銅色の結果は以上だった。力強化？ 魔力強化？ いまいちよく分からないな。

次は銀色だ。銀色の玉に触れていき、俺はそのスキルを確認していく。

《銀スキル》【剣術：レベル1×2】【短剣術：レベル1】【採掘術：レベル1】

剣術や採掘系スキルが、この銀色の玉から出るのだろうか？ まだ断定はできないが、補助系のスキルというのは間違いなさそうだな。

ま、まあ悪くないが、短剣術は現状使い道がないな。俺の武器は短剣と言えるほど短くはないからな。

剣術は嬉しいな。俺も聞いたことがあるスキルだ。剣の扱いがうまくなる、だったか。

採掘術も炭鉱などで働くのなら欲しいスキルだったが、現状ではあまり使い道はないな。

次は、金色の玉だ。これまでのスキルだと、正直言ってそこまでの強さはない。

頼む……っ！

《金スキル》【土魔法：レベル1】【火魔法：レベル1】

……魔法か!?　これはかなり良い！　火と土といえば、どちらも生活の基礎を作る上で必須のスキルだ。

なにより、火魔法が使えれば、肉を焼ける！　これで、どうにか生活できそうだった。

そして最後だ。虹色の玉が光りを放ち、スキルが表示される。

《虹スキル》【鑑定：レベル1】

「よ、よし！」

鑑定か！　これは大当たりだ。十一回ガチャを回してみて、とりあえず分かったことがある。

まだ、断言はできないが、虹色はピックアップされているスキルが出るのかもしれない。

俺はさっそく鑑定を使用する。

その瞬間、まるで目が作り替えられたかのように、視界に映るあらゆるものが鑑定されていった。

その異常なほどの情報量に、脳がパンクしそうになる。

さすがにこれを常に発動していると、頭がおかしくなりそうだったので、一度解除する。

鑑定があれば、野草などでも食べられるものかどうかが分かるな。

このレベルについても俺は夢で簡単にではあるが知識を与えられていた。

被ったスキルは合成することで、レベルを上げられるんだったな。

ガチャから出るスキルは、すべてレベル1みたいだから、レベル上げのためにも何度もガチャを回す必要が出てくる。

獲得したスキル一覧を確認していると、さらに別の項目を見つけた。

鑑定を手に入れたおかげか、ステータスが見られるようになっていた。

……これも確か夢で簡単に触れていたな。ステータスは、己の能力だったはずだ。


『クレスト　力30（＋0）耐久力20　器用24　俊敏30（＋0）　魔力22（＋0）』


ああ！　さっきの銅色のスキルってこれに関係しているのか！　この（）内の数字は、恐らく銅色のスキルが関係しているんだ！

まだスキルレベルが1だから、強化はされていないようだ。

……それにしても、このステータスというのが高いのか低いのか分からない。

他に比べられる人もいないからな。

俺はスキル一覧を確認しながら、合成の項目を見ていた。……これも夢で触れていた。

スキル同士を組み合わせることで、スキルを成長していけるんだったよな？

とりあえず、ガチャで被ったスキルを整理してみよう！

《銅スキル》【力強化：レベル2】【俊敏強化：レベル1】【魔力強化：レベル1】

《銀スキル》【剣術：レベル2】【短剣術：レベル1】【採掘術：レベル1】
《金スキル》【土魔法：レベル1】【火魔法：レベル1】
《虹スキル》【鑑定：レベル1】

……とりあえず、力強化と剣術がレベル2に上がった。けど、ステータスが強化されているということはなかった。

このステータス補正に関しては、気休め程度に考えていたほうがよさそうだ。

つまり、今の時点で分かったことは……こんなところか？

銅色は力などのステータス強化。銀色は剣術、採掘術系などの補助系。金色は魔法系。虹色はピックアップされたスキル。

銅色の補正は今のところほとんど効果は実感できない。だから、銅色以外がガチャで出てくれれば嬉しいな。

とりあえず、今の俺がやるべきことは簡単だ。

魔物を倒し、ポイントを貯める。これに尽きる。

そうしてポイントを貯めたところで十一回ガチャを回す。

新たにスキルガチャで新しいスキルを獲得し、どんどんスキルを強化し、さらに新しい魔物を探していく――。

と、とりあえず、何とかなりそうか？

洞穴に移動する前に、俺は夕食をとることにした。

木々を集め、それから火魔法を使用してみた。初めてのスキルにドキドキとしながら、発動した俺の魔法は――。

「さすがにまだ、微妙だな」

指先にちょろっとした火が出ただけだ。これが火魔法レベル１の性能なのかもしれない。

で、でもスキルが使えた。やっぱり、この『ガチャ』スキルは非常に優秀なスキルなんだ。今はそう前向きに考えよう。

うまく火を燃え移していけば、焚火として十分な大きさになってくれた。

それから俺はウルフの肉を鑑定し、特に毒などがないのを確認したところで、剣で食べやすいサイズに切り分け、木の枝に突き刺す。

そのまま肉を焼いていき、全体的に火が通ったのを確認する。

これは鑑定でも可能だった。便利だな。

焼きあがったお肉はじゅわりと、肉汁を燃料に音をあげていた。

お、美味しそうだ。程よく焦げ目のついたそのお肉を口へと運び、かぷり。

「あつっ！　でも、うまっ！」

歯を突き立てた瞬間、まるで爆発するように肉汁が溢れ出た。火傷するくらいに熱かったけど、その温度がこの肉を絶妙な柔らかさにしてくれていた。

すっと、歯が肉をかきわけ、細かく砕いていく。……やばっ！　滅茶苦茶柔らかい！

肉汁とともに肉は喉へと流れ、俺はごくりと飲み込んだ。喉を通過しながらも、肉汁が一口目の幸せを思い出させてくれる。その味に浸りながら、俺は思わずこぼれてきた涙をぬぐった。

うますぎる！　魔物の肉は非常に美味と聞いていたけど、まさかここまでだったとは！

調味料がなくてもこのおいしさか。

調味料があれば……確か、そういったものは料理スキルで作れるんだったか？

いつか、そんなスキルが『ガチャ』で手に入るかもしれない。

鍛冶や大工系のスキルなどだって手に入れられれば――。

武器の新調もできるし、家だって造れるかもしれない。

わくわく、ドキドキと期待に体が震えた。

腹を満たした後、俺は鑑定を使いながら少し森を見ていた。

結構、食べられる木の実とかあるんだな。鑑定のおかげで、そういったものが分かる。

見た目は上界にもあるモモナのようだが、明らかに大きいサイズのモモナの実を手に取り、一口かじる。

「これ、滅茶苦茶甘いな。今まで食ったモモナの実で一番うまいかも」

……大きいのに、味がしっかりとしている。上界のものよりもずっとおいしいな。

最初はどうなるかと思ったけど、とりあえずどうにかなったな。

それに、食事に関していえば下界は悪いことばかりじゃなさそうだ。

俺は見つけていた洞穴へとたどり着き、そこで土魔法を使用する。

……洞穴の入り口を隠せれば、と思ったがさすがにそこまでの土は作れない。

魔力をたくさん消費して、せいぜい洞穴の半分くらいを埋めるのが精いっぱいだった。

まあ、いいか。寝ている間を魔物に襲われる可能性もあるが、そうなったらもう諦めるしかない。

俺はそこで横になった。明日もガチャポイントを稼ぐために、頑張らないとな。

そんなことを考えながら、目を閉じる。

一日中体を動かしていたからか、すぐに眠気が襲ってきた。うつらうつらとしていたときだった。

『あなたみたいなクズで落ちこぼれの婚約者、わたくしでなければもらい手なんていませんわよ。ですから、わたくしの言うことは……すべて聞きますのよ？』

その声は、まるで耳元でささやかれたように俺の頭で響いた。

はっと目が覚める。エリスはもちろんいない。

だけど、俺は彼女を強く思い出してしまった。

『勝手にわたくしの前から去るということは考えないほうがいいですわよ？』

――エリス。俺は元婚約者である彼女のことを思い出し、ぶるり、と体が震えた。

周りを改めて見回してから、横になった。

エリスとは、下界へと送られる数日前に一度だけ会っていた。

エリスは結局最後まで本当にわがままで、俺を奴隷のように扱ってきた。

彼女は俺に、永遠の忠誠を求めてきた。そうすれば、助けてやる、と。

だが、俺は断った。

「自由に、生きてやる。……これまで散々虐《しいた》げられてきたんだ」

もう俺は自由だ。この下界で、俺は自由に、好きに生きていけばいいんだ。

兄たちや父にも邪魔されることなく——俺は自分の幸せのために生きていく。

目を閉じた俺は、先ほどのエリスの言葉に——別れる前に言ったことをもう一度ぶつけた。

『俺は、おまえの奴隷にはならない……！』

俺はここで……新たな人生を始める！　俺自身の幸せを手に入れるんだ！

そう決意して眠りについた俺は、この下界へと転移させられる少し前の出来事を夢で見た。

第２話 「エリスとの決別」

転移魔法陣に乗せられ、下界へと送られることになる数日前――。

○

４月９日。誕生日から数日が過ぎ、俺は公爵家にある離れの建物にいた。

そこはテーブル、椅子、ベッドが置かれているだけで牢獄のような場所だった。

部屋は毎日の掃除こそしているが、決して公爵家の息子が暮らすような場所ではない。

小さな部屋に窓などはなく、外の様子は分からなかった。

この場にやってくるのは、食事を持ってくる執事やメイドだけだ。

さらには、建物の外では騎士も待機している。

扱いはまさに囚人そのものであった。

実際、父からすればそうなのだろうと思う。

俺は自分の立場を改善するために、自分のスキルを偽った罪で、処罰されることになっていた。

恐らくは――下界送りだろうな。

まだ確定していなかったが、もっとも採用されることの多い罰だ。

俺がベッドに背中を預けるようにして横になる。

その時だった。部屋がノックされ、メイドがやってきた。

「失礼します……」

視線を向けると、俺の世話係を務めるメイドがいた。後ろ手で扉を閉めながら、彼女は食事を俺の部屋のテーブルに置いた。

俺が立ち上がり、そちらに向かうと、メイドがちらと俺を見てきた。

「……クレスト様。私たちは、あなたを逃がす準備は整えています。……お声をかけてくだされば、いつでも――」

そう言ってくれるのはここに訪れる使用人たちだった。嬉しい限りだったけど、その提案に乗ることはできなかった。

「気にするなよ。俺は自分を大きく見せようと嘘をついた罪人だぞ？」

「クレスト様はそんなことはされません！　使用人一同は、皆あなたの言葉を信じています‼　クレスト様は昔から……兄上様たちにいじめられている私たち使用人を助けてくれたじゃありませんか」

「それ以上口を開くな。食事、ありがとう……頂くぞ」

「クレスト様……。失礼いたしました。ですが、本当にお力が必要であれば、いつでも声をかけてください」

メイドは悔しそうに唇を噛み、一礼のあとに部屋を出ていった。

俺だって、死にたくはない。下界に送られれば、きっと死んでしまうだろう。

……そうは言ってもな。

俺が頼めば、屋敷の誰かが協力して俺を逃がしてくれるだろう。

仮に、屋敷から脱出できたとして、それからどうするというのだろうか？

俺のスキルは使い物にならない。一人で生きていけるかどうかも不明だ。

そして、俺を逃がしたとなればそれを企《くわだ》てた人たちがどうなるか――。

俺の代わりに、誰かが下界送りに、あるいは死刑になるのだけは嫌だった。

だから俺は……自分への罰を受け入れるつもりだった。食事のあと、ベッドでごろりと横になって、目を閉じる。

食事から、数時間ほどが経過した時だった。

再び部屋がノックされた。誰だ？　食事の時間にはまだ早い。

俺が体を起こし、ベッドに座るようにしてそちらを見る。

まもなく扉が開くと、そこには……エリスがいた。

「久しぶりですわ、クレスト」

彼女は相変わらずの微笑を浮かべていた。

この牢獄のような場所に、エリスが来ただけで華やかなものになった。

「あ、ああ。久しぶりです、エリス」

「そうかしこまらないでください。今は人前ではないのですのよ？　自然に接してください」

「……分かった」

すっと、エリスが丁寧なお辞儀をし、俺も同じように返す。

騎士を部屋の外に待たせたエリスは、俺のほうへとやってきて、それからすっと近くの椅子に腰かけた。

「酷い部屋ですわね」

周囲を見ていたエリスに、俺はため息まじりに答えた。

「……そりゃあ、そうだろ。今の俺は罪人みたいなものだ。それより、どうしたんだ？」

「馬鹿ですわね、あなたは」

くすり、とエリスが微笑を片手で隠す。

「馬鹿にしに来たのか？」

俺は少しむっとなって返す。俺は嘘を言ったつもりはない。『ガチャ』というスキル自体は本当にあるんだからな。

「ええ、そうですわね。まさか、神夢を偽ってまで家での立場をあげようとするだなんて。ああ！　どうしてその程度の嘘が見抜かれないと思っていたのかしら？　昔から、あなたは本当に馬鹿で、グズで……どうしようもありませんわね。それが理由で、わたくしとの婚約だって解消されてしまいましたもの」

……そう。俺がスキルを偽ったということで、エリスから婚約破棄されてしまったのだ。

そのせいで、今の俺を守るものは何もなかった。

だからこそ、家族からの扱いは昔以上に悪いものになっていた。

逆に言えば、もう俺は彼女にぺこぺこと頭を下げる必要もなくなった、ということでもある。

――俺は嘘をついていない。

なのに、周りからは散々に言われる。今もエリスが小馬鹿にしたように笑っていることに、無性に腹が立っていた。

これまでは、俺の生まれが悪かったということもあって俺はエリスに素直に従っていた。

エリスの後ろ盾がなければ、俺のような人間はもっと早くに家を追放されていた可能性だってあった。

昔、一度聞いたことがあったな。

なぜ、俺を婚約者にしたのか。その時彼女はこう言った。

『あなたのような哀れな人間を婚約者に指名することで、わたくしの価値が高まるからですわ』

そして同時に、こうも言っていた。

『もしも、わたくしの機嫌を損ねた場合、わたくしはあなたに暴行を受けた、と偽りますから。ですから、わたくしの犬としてこれからもずーっと、ずーっと一緒にいますのよ？』

にこにこと、楽しそうに、な。彼女は俺を人間とは思っていない。従順な犬としか見ていないんだ。

「何か言ったらどうですの、クレスト？」

こちらを覗きこみ、少しばかり頬を膨らませたエリスに俺は投げやりに答えた。

「良かったな、婚約解消できて。俺を使っての周囲の好感度稼ぎはもういいのか？」

普段は、こんなことを口にすることはない。

だが、俺は強く返していた。俺の言葉に、エリスがぴくりと眉尻を動かした。

まさか、俺にこう言われるとは思っていなかったのだろう。

ただ、それでもさすがはエリスだ。舞踏会などでは完璧な美少女の仮面を被っている彼女は、すぐにいつもの平静を取り戻す。

「あなた、わたくしがただあなたにこんな話をするためだけに来たと思いますの？」

「なんだよ、他に何か用事があるのか？」

「ええ、もちろんですわ。ですが、その態度は少し気に入りませんわね。せっかく、あなたを、救いに来てあげましたのに」

……救いに、だと？

エリスの口からは想像できないような言葉が飛び出し、俺は目を見開いた。

何か裏があるはずだ。エリスと長くいる俺はすぐに彼女の裏について考える。エリスは、にやりと口元を緩めた。

「……どういうことだ？」

「言葉のままの意味ですわよ？　あなたはわたくしの婚約者……そして、犬でありおもちゃであり、奴隷のような存在ですわ。ですから、わたくしの前から勝手にいなくなってはいけませんわ」

いつものエリスの暴論が飛び出した。

こいつは、俺のことをどうでもいいと思っている癖に、妙なところで独占欲を出すからな。

その犬扱いには慣れていた。

「……ああ、そうかよ。それで、どうやって助けてくれるんだ？」

「その前に――」

エリスは近くの椅子に腰かけ、靴を脱いでいく。

何がしたいんだ？

彼女は俺のほうに片足を差し出し、それからどこか恍惚とした笑みを浮かべる。

「わたくしの足を、舐めなさい。わたくしに、絶対の服従を、永遠の忠誠を誓いますのよ。あなたには、わたくししかいませんの。あなたのような人間を助けてくれるような人は、ええ、わたくししかいませんわ。ですから――その証をここに示しなさい」

くいくい、と彼女の綺麗な足先が動いた。その黒いストッキングに包まれた足が、誘惑するように俺の眼前で揺れる。

「……それで、何が変わるんだ？」

「わたくしがあなたとの婚約の話を戻してあげますわ。ここから解放されましたらすぐにわたくしと結婚しますの」

「……それでも、俺が神の言葉を偽った嘘つきの罪は消えないだろ？」

「そんなもの、我が家の力でいくらでも潰してあげますわ。ですからほら、その忠誠としてわたくしの足を舐めてくださいまし」

エリスの勝ち誇った笑み。ただ、俺はその足をじっと見ていた。

……これを舐めるだけで助かる、か。

「このままではあなた、本当に下界へと送られてしまいますわよ？　そうなってしまっては嫌でしょう？」

「……そう、だな」

「下界になんて送られたら最後、死んでしまうかもしれませんしね」

エリスにこれからもおもちゃのように使われるだけで、奴隷のようにこき使われるだけで……現状から抜け出せる、か。

俺はエリスの足をじっと見つめる。これを舐めれば――。

エリスの顔を見る。彼女はにこりと天使のような笑顔を見せた。

そうして、俺の眼前に足を伸ばしてくる。誘惑するように揺れる足に、俺は手を伸ばし――そして、叩いた。

「……どういうことですの？」

不服そうな、驚いたような……そんな表情とともにエリスがこちらを見てきた。

何が、奴隷だ。永遠の服従だ。

そこまですべてのプライドを捨てたつもりはない！　俺がエリスを睨みつけると、彼女は驚いた様子でこちらを見た。

「ど、どうしましたの？　わたくしに一生の忠誠を誓えば、あなたをこの牢獄から助けてあげますわよ？　あなたを助けてあげるような人間、わたくししかいませんのよ！」

俺はそのエリスの言葉に――今まで溜まっていた鬱憤《うっぷん》を叩きつけた。

「うるさい！　俺は下界送りでもなんでも受け入れる覚悟はできてんだよ！　俺はお前の奴隷でもおもちゃでもない！」

「……」

俺の反論が予想外だったようで、エリスはぽかんとこちらを見ていた。

「話がそれだけだっていうのなら、もう出て行ってくれ！」

エリスが好き勝手に俺のことを言う可能性はある。だが、それでも構わない。

俺はこれまで彼女にぺこぺことしてきた自分との決別の意味を込めて、声をあげた。

「じゃあな、エリス。俺は、おまえの奴隷にはならない！」

「……こ、後悔、しますわよ。あとで、泣きついても知りませんからっ」

キッと、エリスがこちらを睨み……そして部屋を出ていった。

静かになった部屋で、俺はベッドに腰掛けなおした。

これで、俺が助かる唯一の道はなくなった、ということだろう。

それでもいいさ。

エリスに縋《すが》り付いて助かったって、どうしようもない。ハバースト家には良いように利用され、エリスにだってこき使われるだけだ。

そんな人生が幸せなはずないからな。

閑話「エリス１」

わたくしは、美しく、可愛い。

すべての女性にとって、わたくしの、少なくとも容姿は憧れであったと思う。

ある人は言った。

わたくしを天使の生まれ変わりと。

その表現をわたくしは嫌っていた。

わたくしと天使を比較している、その事実が気に食わない。

わたくしは、天使なんかよりもずっと美しい。

物心がついたころには自分の価値を知っていて、それを利用する術を理解していた。

だからこそ、わたくしは全力で殿方が好む異性を演じてきた。

でも、クレストは違った。だから、わたくしはそんな彼に段々と惹かれていってわたくしのモノにしたくなった。

クレストは、他の有象無象の男性とは違い、わたくしにあまり興味はない様子だった。

もっといえば……昔の彼は、常に何かに怯えているような子だった。

もちろんわたくしはクレストに興味を持ってもらえるように振舞った。

わたくしの家も公爵家だ。クレストとは年齢が同じということもあり、関わる機会は多くあった。

クレストの好みを調べ、彼の理想の女性を演じようとした。

けれど……クレストはそれでもわたくしに興味を持っていない様子だった。

彼は口癖のように言っていた。

『……俺と関わらないほうがいいですよ。あなたも、酷い扱いを受けるかもしれません』

そんなことはない、と否定してもクレストは自分に自信を持つことはなかった。

そんなクレストに段々と興味が出てきて、彼について詳しく調べていった。

彼がそんな風に自信を持てないのは、彼自身の出生に問題があったからだとすぐに知れた。

わたくしはクレストに興味を持ってもらうために、クレストと話をする回数を増やしていった。

クレストはどんなわたくしにも真面目に対応してくれた。多少、わたくしが素を見せてもクレストは驚くことなく受け入れてくれる。

他の人には決して見せないような残虐な一面だって、クレストは受け入れてくれた。

そんなクレストに、わたくしはさらに惹かれていった。だから、私は父にお願いした。

クレストをわたくしの婚約者にしてほしい、と。

父に話をすれば、すぐにその話がハバースト家へと伝わる。どうやら、父の思惑と一致したようだった。

婚約が決まるまで、そう時間はかからず、彼をわたくしのモノにできることになった。

そして、ある日に行われた舞踏会だった。

いつものように、わたくしは多くの男性に囲まれていた。

その中には、クレストの兄たちの姿もあった。

だから、わたくしは彼らを一瞥《いちべつ》し、優雅な笑みとともに言ってやった。

『わたくしは、クレストと婚約させていただきますわ』

『え……?』

クレストの兄たちは驚き、目を丸くしていた。

わたくしがお願いして、親同士で決まっていた話を止めてもらっていたのはこの顔が見たかったからだ。

驚いたような目を向けていたクレストの腕をとり、わたくしは歩いていった。

普段クレストのことを価値なしと呼んでいるクレストの兄たちの驚愕の顔。

わたくしはそれを見て、すっと胸が軽くなった。

わたくしにとって、クレストの兄たちは……クレストの兄という存在でしかなかったからだ。

わたくしのクレストを馬鹿にする彼らが、わたくしは大嫌いだった。

それからしばらくして、わたくしたちは共に学園に通うことになった。

貴族の子どもたちが集まる学園で、クレストは騎士として剣を学び、わたくしは貴族の妻としてふさわしい女性になるための教育を受けていた。

クレストは……剣に関してそれなりに才能があった。貴族学園で行われる模擬戦では他の貴族たちを圧倒していて、誰にも負けたことはなかった。

わたくしの自慢でもあった。友達に、嫌な女性と思われない程度にアピールしたこともあった。

あれが、わたくしの婚約者です、と――。

だが、それがまずかった。

クレストは注目されすぎてしまった。

それもそうだ。クレストの顔は整っていて、誰に対しても優しい。公爵家の者とは思えないほどに下手《したて》なところも他の令嬢からは珍しく映ったようで、人気は爆発した。

気づけば、クレストは学校の令嬢たちから注目されてしまうようになっていた。

模擬戦のあとには、いつも誰かに差し入れを受け、それをクレストは嬉しそうに受け取っていた。

クレストは貴族としての立場もある。彼は五男とは言え、公爵家だ。

家のこともあり、他の貴族の令嬢を冷たくあしらうようなことはできない。

――そう分かっているのに。

わたくしは、激しい嫉妬にかられていった。

いつもみんなに何かをプレゼントされ、頭をかきながら受け取るクレストに。

みんなに囲まれ、最後にわたくしのほうにやってくるクレストに――棘《とげ》を突き刺していく。

『クレスト、あんまり勘違いはしませんように。あなたの婚約者はわたくし、ですわよ』

始まりは、このくらいのものだった。

軽い嫉妬。クレストは苦笑まじりに返し、わたくしも冗談めかして笑っていた。

ただ、わたくしの中で、嫉妬の炎は激しく燃えていく。

『クレスト、あまり他の異性と話をしないでくださいまし』

『あなたは……わたくしが婚約者に任命してあげましたのよ？』

『クレスト、あなたはわたくしが取り上げなければ無価値、なんですのよ。そこのところ、勘違いしませんように』

段々とわたくしの思考がぐちゃぐちゃになっていった。

――他の異性と話をしてほしくない。

わたくしだけを見てほしい。わたくしは、あなたしか見ていませんのに。

――クレストが自信をもち、自分から離れていくのが嫌だ。

そうして、わたくしは、クレストをしつこいくらいに注意していった。

そうすることで、落ち込むクレストの姿を見られるのも、わたくしにとっては快感の一つだった。

気づけばわたくしは、クレストの価値を落とすことと、彼の残念がる、あるいは悔しそうな顔を見ることに執着していた。

元々、自分に残虐な一面があったのも自覚していたが、それがクレストに対してむき出しになっていく。

彼にそう接している間、彼はわたくしを見てくれるようになるから。

わたくしの影響は強い。わたくしが、白を黒といえば、皆が従うほどだった。

だから、クレストの周りに人が集まらなくなるのは一瞬だった。

クレストがわたくしといる時間が増えていく。そして、わたくし以外にクレストと関わる人はほとんどいなくなった。

けど……まだ不安だった。

だから、クレストをわたくしに依存させようと考えた。

クレストの心を折り、彼がわたくしなしでは生きられないように依存させたい。

その光景を想像しただけで、心が躍った。

だから、わたくしはとにかくクレストの心を折るように努めた。

……そして、それは完成寸前まで来ていた。クレストが『ガチャ』という優れたスキルを持っていると言ったことで、彼は自分の立場を自分自身で追い詰めてくれた。

だから、わたくしはそんなクレストに手を伸ばしてあげた。

一度、婚約を破棄し、絶望の底へと突き落とす。

それからもう一度、彼を救うための言葉を投げかければ、彼はきっとわたくしに依存してくれる。わたくしのモノになってくれる……はずだったのに。

そこで私の意識がはっと浮かびあがった。

○

ぱちり、と目が覚める。

起きてすぐに、先ほどまで見ていたクレストがすべて夢であったのだと分かり、胸がきゅっと痛くなった。

……今日一日、わたくしはずっと部屋で休んでいた。

クレストの部屋を訪れてすぐ、体調を崩してしまい、今は安静にということだったからだ。

ただの風邪なのは分かっていた。

ゆっくり休んでいれば、すぐに治るようなものなのは分かっていた。けど、わたくしは、クレストに会いたくて、ここ数日無茶をしてしまっていた。

だけど、この風邪はわたくしに教えてくれた。

――クレストに会いたい。わたくしは、クレストが隣にいてくれないと嫌だ。

ずっとわたくしに優しく接してくれた。わたくしが、間違ったことをした時は、やんわりと注意もしてくれた。

そんな大切な存在のクレストを失いたくはない。

……わたくしは、間違っていましたのね。

夢の中のわたくしは、自分の都合ばかりを考え、クレストを否定していた。

熱でぼんやりとした頭が、わたくしを冷静にさせてくれた。

もっと、早く気が付ければ……。もっと素直に、クレストに隣にいてほしいと甘えられれば……。

クレストに否定された時の言葉を思い出して、胸が苦しくなる。

クレストに嫌われるのは当然ですわね……。

わたくしは腕を伸ばし、ベッドに置かれていた抱き枕をつかんだ。

ごほごほ、と咳が出る。

――今さら、許してもらえるとは思っていない。

それでも、謝りに行こう。

クレストが下界に送られるのは確か15日。

だから、すぐに会いに行かないと。

謝罪してそれで、もしも、もしもやり直せれば……。

その時だった。部屋にメイドがやってきた。

「お嬢様、お目覚めになりましたか？」

「ええ。それより、明日にはまたクレストに、会いに行きますわ。準備しておいてくださいまし」

「……お嬢様。申し上げにくいのですが……クレスト様は、本日、下界に追放されました」

「え……？」

第３話　「ポイント稼ぎ」

次の日。

嫌な夢だったな。

俺は体を起こし、全身に走る痛みに顔をしかめる。

「……いてぇ」

一応葉っぱを重ねて布団代わりにしたが、それでも体への負担は大きかったようだ。

他に何か、寝る時の対策を立てたほうがいいかもしれない。

それに、またエリスの夢を見てしまった。

よっぽど、トラウマになっているのかもしれないな。

最後、彼女に忠誠を誓わなかったことを後悔はしていない。エリスのおもちゃにされる人生なんて嫌だったからな。

体を軽く伸ばすと、ぴきぴき、と骨が鳴る。

さて、とりあえず、今日もガチャを回すために頑張らないとな。

今のピックアップガチャは4月一杯で終わってしまうしな。

そのあと、どうなるかが分からない以上、今のうちに獲得できるスキルは獲得しないと。

ポイント稼ぎと同時にやるのは……地形の把握と仲間を作ることだな。

上界と下界は、転移魔法陣以外にも行き来する手段がある。上界と下界を繋ぐ巨大な門とトンネルがあり、それを通ることで行き来ができる。

俺がいるこの場所が、その門からどの程度離れたところなのかもいつかは調べておきたいものだ。

そして一番優先すべきことは、

「仲間を探さないとな……」

この下界には、色々な理由で転移させられた人がいる。

特に多いのは、亜人種だ。

上界は人間が暮らす場所として、罪のない多くの亜人種を下界送りにしていた。

だから、どこかに亜人もいるはずなのだ。

昨日の夜は大丈夫だったが、今後もずっと夜一人で寝て生き延びられるとも限らない。

二人になれば、交代しながら寝られる。

他にも出来ることが増えるだろう。

だから、まずは仲間を探したい。

そんな気持ちで魔物を狩りながら森を移動していく。

森は似たような景色が続くため……正直言って自分が今どこを歩いているのかも分からない。

かろうじて、足跡や木につけた傷などで、同じ場所を歩かないようにはしている。

とはいえ、似たような景色で迷子になりそうだ。地図が欲しいな。

そんな事を考えながら、まだポイントを稼げるゴブリン、ファングラビットを狩っていると、太陽が一番高い位置になる。

鑑定で川の水を調べ、飲めるのを確認してから口に含む。……うまいな。

下界の川は上界のものとは違うのかもしれない。

途中拾った木の実を食べながら、俺は午前中に把握した一つの事実にため息をついた。

……25体、か。

ウルフのポイントが入らなくなってから、ファングラビットを狩り始めた俺はその数をしっかりと数えていた。

合計25体。２５００ポイントが入ったところで、ファングラビットからポイントが得られなくなってしまった。

……これは中々問題だな。

どうやら25体倒すと、ポイントが入らなくなってしまうようだ。

すでにこの辺りで戦えるゴブリン、ファングラビット、ウルフからはポイントを回収できなくなってしまった。

つまり、新しい魔物を見つけないとガチャが回せない。

現在２５００ポイントなので、あと一種類魔物を見つけられれば、ガチャを回せるんだけど。

「ガチャを回すためにも、新しい魔物を見つけないとな」

戦闘では危険を伴うが、強くなるには必要なことだった。

川のほとりで一休みしていた時だった。川を泳いでいた大きな魚が飛びかかってきた。

鑑定すると、フィッシュアローと呼ばれる魔物だった。

顔の先が矢のように鋭い魚だ。飛びかかってきた一撃をかわすと、フィッシュアローは地面に突き刺さった。そのまま、動かない。

狩りやすい魔物だな。隙だらけの体を切り裂いて、仕留めた。

ポイントは100だ。

魔物から得られるポイントは100で固定なのだろうか？　それとも、ここにいる魔物が弱いからポイントも少ないのだろうか？　もっとたくさんくれる魔物がいればいいんだけどな。

とはいえ今は、新しい魔物を発見できたことを喜ぼうか。

それに、魚か。フィッシュアローは鑑定で食べられることが分かったので、火を使って体を焼いた。

それから、その魚にかぶりつく。

「うまい！」

今までに食べてきた魚が嘘だったかのように、新鮮で身が引き締まっている！

骨を除去するのが面倒だったが、それでもうまい。

下界での生活はこの食事が唯一の楽しみかもしれないな。

腹を満たした後は川沿いを歩き、フィッシュアローを仕留めていくと、ポイントが5000に到達した。

戦闘していて思ったのは、剣の扱いが前よりもうまくなったかもしれない。

剣術スキルのおかげかもしれないな。

ただ、問題もないわけじゃない。

剣を研ぐ手段がないため、そのうち剣がダメになってしまいそうなことだ。

どうしようか。

弱い魔物はなるべく、剣以外で倒す手段を探したほうがいいかもしれない。

だが、それで怪我をしたら元も子もないからな。

先を見なければならないが、今も大事だ。難しいな。

拠点へと戻る途中、新しい果物を発見した。

周りに視線を向けると、他にも見たことのない植物などを発見できた。

明日はこの辺りに探索へ行こうか。

最初の拠点では確認できなかった植生があるということは、それに合わせて魔物も変化している可能性があるからな。

今日は昨日よりも順調に生活できている。

ただし、残念なことがあったといえば、結局、人とは出会えなかったな。

今日も、俺は洞穴で生きるか死ぬかの睡眠をとる必要がある。

まさにガチャみたいなギャンブルだな。

俺は洞穴へと戻ってきて、それからガチャ画面を開く。

今日一日の労働のすべてを、ここに賭ける。

十一回ガチャで、昨日は虹色の玉が一つ出た。

今日は二つくらい、出てほしい。

そうすれば、もしかしたらすべてのピックアップスキルが揃うかもしれないんだからな。

「頼むぞ、神様……っ！」

俺は神へと祈りをささげてから、ガチャを回した。

十一回ガチャを押した瞬間、宝箱が出現し、きらきらと輝いた。

ん⁉　前回と少し宝箱が違うぞ！　前回は宝箱が金色に輝いていたのだが、今回は虹色に輝いていた！

こ、これはどういうことだ⁉　期待して宝箱を開くと、十一個の玉が現れた。

銅色が三つ、銀色が三つ、金色が三つ、そして……虹色が二つだ！

昨日よりも今のところ良いな。

ピックアップされているスキルは、鑑定、薬師、栽培の三つ。

鑑定以外が出てくれればそれでいい。

まずは銅色のスキルが一斉に表示される。

《銅スキル》【力強化：レベル1×2】【俊敏強化：レベル1】

……まあ、これに関してはそこまで期待していない。

次は銀色だ。ここからわりと生活に関わってくるスキルが多いからな。

期待しておこうか。

《銀スキル》【剣術：レベル1】【釣り術：レベル1】【開墾《かいこん》術：レベル1】

「おっ、新しいスキルだ！」

でも、つ、釣り術？　開墾術？　一体どんな効果があるんだ？

とりあえず、自分のスキルに鑑定を使用する。

『釣り術。釣りがうまくなる。釣竿作成、釣り竿の耐久値をあげる効果を付与する』

釣りを基本としたスキル、か。けど、正直言って使い道はそれほどないな。

次に開墾術について調べる。

『開墾術。開墾するための能力が上がる。畑などを作れるようになる。また、魔力、素材を消費し開墾に必要な道具の作成が可能になる』

なるほどな。開墾術、悪くはなさそうだな。

ピックアップスキルに栽培スキルもある。

これらと組み合わせれば、自分の好きな場所に畑を作り、生活できるようになるだろう。

剣術はもちろんいいな。これでさらにスキルレベルが上げられる。

とりあえず、昨日のガチャで予想した通りの結果になっているな。

次は金色。今回は3つだ。新しい魔法でもいいから欲しいものだ。

金色の玉が光り、それからスキルが一気に表示された。

《金スキル》【土魔法：レベル1×2】【水魔法：レベル1】

土魔法が被ったが、別に悪くはない。

今は川を基本に探索をしていて水分の問題はないが、水魔法があれば、さらに活動範囲を広げられる。

そもそも、飲めない水も今後あるかもしれないからな。今のところ順調だな。

そして最後だ。虹色の玉が光りを放ち、スキルが表示される。

《虹スキル》【鑑定：レベル1】【栽培：レベル1】

鑑定か。被りは残念だったが、別に悪いことではない。

鑑定に関しても、まだすべての鑑定ができるわけではないので、スキルレベルを上げられるのは良いことだ。

栽培は、一体どんな効果なのだろうか？　予想では、栽培した物の質が良くなるとかそんなところだと思うが。

俺が鑑定を栽培スキルに使用すると、詳細な情報が出た。

『栽培。作物などを育てる場合に、その効果を上げる。また収穫までの時間を早める』

予想通りだったが、収穫までの時間を早める、か。

どの程度早めるのかは分からないが、今後自給自足の生活が必要になってくる上で、悪くはないだろう。

被ったスキルを合成したのだが、どうやらレベル２から３まであげるには被りが二つ必要なようだ。

力強化以外は、レベル３に上がらなかった。


『クレスト　力35（＋1）耐久力26　器用30　俊敏35（＋0）　魔力32（＋0）』

《銅スキル》【力強化：レベル３】【俊敏強化：レベル２】【魔力強化：レベル１】
《銀スキル》【剣術：レベル２（1／2）】【短剣術：レベル１】【採掘術：レベル１】【釣り術：レベル１】【開墾術：レベル１】
《金スキル》【土魔法：レベル２（1／2）】【火魔法：レベル１】【水魔法：レベル１】

《虹スキル》【鑑定：レベル2】【栽培：レベル1】

スキルのレベルはいくつまで上げられるのだろうか？

限界があったとしても、虹色のスキルはそう簡単に限界まで上がらないだろう。

ステータスも、戦闘を繰り返したおかげでかなり上がっている。

戦えば戦うだけ、魔物と戦いやすくなっていったのだが、それは勘違いではなかったようだな。

俺はひとまず、スキルを色々と試してみる。

まずは釣り術だ。

釣り術を使用すると、釣り竿作成の画面が現れる。

木の枝と糸があれば釣り竿が作れるようだ。

糸はクモの巣で代用可能と書かれている。……本当にできるのだろうか？

俺は木の枝を拾い、クモの巣には……あまり触れたくなかったので木の枝でぐるぐると巻き取る。

それから釣り術を発動する。手元にあったクモの巣と木の枝が光を放つ。

と、手元にはなんだか形のよい釣り竿が出来上がっていた。

さすがに浮きなどはない。ただ、木の枝で作ったのだろうか？　あまり質の良くない釣り針も一緒に出来上がっていて、簡易的な釣り竿としては使えるようだ。

凄いな、これがスキルというものか。

神の力によって、一部現実を無視した力であることは理解していたが、それにしたってこれは凄い。

本当にこれで魚が釣れるのだろうか？

早速、川に釣り竿を放り投げる。

まあ、餌などもつけていないし釣れないかな、と思っていたが……釣り竿が引っ張られた。

もしかしたら、釣り術の効果で魚が食いついてくれているのかもしれない。

そんな期待とともに引っ張り上げると、小さな魚が釣れた。

「これで、食料も確保できそうだな」

魔物、ではないようだな。興味本位で仕留めてみたが、ポイントは入らなかった。

通常の生き物と魔物の違いはよく分からないが、釣りでポイントを稼ぐのはできそうにないな。

ただ、食料を確保するのと、趣味で楽しむ程度には良さそうだった。

帰り道、木の実を拾い食べる。木の実にあった種を鑑定で見てみる。

『モモナの実の種　蒔くと生えてくる』

栽培のスキルを発動して調べてみると……え!?　蒔いた後五日で採取可能と出た。

モモナの実って、一年近くかけて育てないといけないんじゃなかったか？

……虹色レアリティのスキルは、他のスキルとは圧倒的に性能が違うのかもしれない。

とりあえず、洞穴の近くに蒔いておこうか。

そのためにも、クワがいる。土地を耕すためのクワは……木材とアイアン魔鉱石があれば作れるようだ。

アイアン魔鉱石。確か、時々地面から半分くらい見えていた石があったよな？　それが、確かアイアン魔鉱石だったはずだ。少し歩くと、すぐに見つけることができた。

これなら採掘術を使わなくても拾えるな。採掘術ではピッケルなどの作成もできるようだが、今は必要ないな。

早速、洞穴に戻って畑を作ってみるか。

やれることが、増えてきたな。

○

洞穴近くまで戻った俺は、アイアン魔鉱石を使い、クワを作成する。

出来上がったクワで地面を掘ってみる。

力はほとんどいらず、さくっといい感じに掘れた。

「ふぅ、こんなところか」

良かった。

畑仕事などは、重労働と聞いていた。しかし、これならば、大した経験のない俺でも、どうにかできそうだった。

途中手に入れた種十個を蒔けるように、大地を耕していく。

それからしばらく畑仕事をしていたのだが、開墾術のおかげか疲労はほとんど感じられない。

便利なスキルを手に入れられたようだ。

そして、種の蒔き方に関してもばっちりだ。栽培スキルのおかげで、どのようにすれば良いのか手に取るように分かる。

これがスキルか。非常に便利だな。

大地を耕した俺は、土に種を蒔いていく。

……植物同士が成長を邪魔しないように等間隔で蒔いていく。

それから、水魔法を発動し、水をやる。

モモナの実の成長には、魔力を含んだ水が不可欠らしい。

逆に言えば、それさえあれば良いらしい。

だから、水魔法の獲得はちょうどよかった。

合計十か所に種を蒔いた。

出来上がった畑を一度見まわす。初めての農作業だけど、スキルのおかげもあってとりあえず様にはなっているな。腹が減ってきたので、俺は近くで見つけたウルフを仕留め、夕食にした。

川で軽く体の汚れを落とし、それから洞穴へと向かう。

レベルアップした土魔法を使い、洞穴の入り口を守るように土を積み上げていく。

「立派になってきたな、魔法も」

出来上がった壁を見て、満足した。

空気の通り道としていくつか穴を作り、入り口を隠せるように土を重ねた。

……昨日に比べ、一度に出せる土の量がかなり増えた。

便利であることは間違いないのだが、まだ戦闘で使えるほどじゃないな。

というかこの土魔法を使えば、どこにでも畑を作れるようになるのだろうか？

すべてのスキルが、少しずつ成長しているな。

ただ、一つだけ疑問なのは、スキルの成長に関してだ。

例えば、俺以外の人にもスキルレベルというのは存在する。では、他の人たちがどのようにしてスキルレベルを上げるのかというと、彼らは皆、スキルを使用してレベルを上げていくらしい。

俺の場合は、ガチャで被ったものを合わせていくことで上げていけるが、どうやらスキルを使用しても成長はしないようだった。

ちょっとだけそこには不満があるけど、いつレベルアップするのか分からないよりは明確にレベルアップの条件が分かっている分、良いのかもしれない。

○

それから五日ほどかけ、周囲の探索をしていった。
新しい魔物――フェアリーとスケルトンを発見し、何とか十一回分のガチャにあたる５０００

ポイントまで獲得できた。

ガチャが回せるのは喜ばしいのだが、もうこの周辺では新しい魔物は見当たらない。

畑を作ったが、新しい拠点を探して大規模な移動を試みたほうがいいのかもしれない。

洞穴へと戻ってきた俺は……ガチャを回す前に、庭でできていたモモナの実を見た。

茎が大きく伸び、人の頭ほどの実が五つほどついていた。

「やった、これで何とか食料確保ができてきたな」

種一つからおおよそ四つ、五つのモモナの実、か。

想像以上に実が取れるな。

栽培スキルのおかげもあるんだろう。

このペースで確保できるなら、無理に戦闘をしなくても生活はできるかもしれない。

まあ、果物だけで人間の生活に必要な栄養素を賄えるのかどうかはちょっと分からないけど。

今は春だからいいが、例えば冬とかになれば魔物たちも冬眠などしてしまうかもしれない。

今後のことを考えると、色々な生活手段を見つけていく必要がありそうだった。

まあ、そんな先のことをずっと悩んでいても仕方ないな。今はこのモモナの実を楽しもうか。

今はこの自分で育てたモモナの実を一口頂こうか。

かぶりつく。口一杯に広がる甘味。

野生のモモナの実よりもうまいかもしれない！

栽培スキルレベル1でこれなのか……。レベルがさらに上がれば、もっとうまいものができるかもしれない！

やはり、もっと魔物を倒してポイントを稼がないといけないな。

それから俺は、ガチャを回すため、洞穴へと入った。

ガチャ画面で確認した５０００ポイント。

これがひとまず現状稼げるだけのポイントだ。

良いスキルが出てくれることを祈るしかない。

だって、ここで使えるスキルが出てくれないと、俺の能力も向上しない。

そうなれば、魔物との戦闘で苦労、あるいは勝てなくなりガチャポイントも稼げなくなるかもしれない。

いつもの如く神に祈る。

「頼むぞ、新しく便利なスキルをくれ！」

こっちは生活がかかっているんだ。そんな気持ちとともに十一回ガチャのボタンを押した。

出現した宝箱は金色に光を放つ。

それから出現したのは、銅色が４つ、銀色が３つ、金色が３つ、虹色が１つだ。

……この十一回ガチャってやはり、虹色が絶対１つは出るようになっているのだろうか？

そんなことを考えながら、まずは銅色の結果を確認するため、手を伸ばした。

《銅スキル》【力強化：レベル１】【耐久力強化：レベル１】【器用強化：レベル１】【魔力強化：

レベル1】
ここまでは準備体操のようなものだ。重要なのは次からだ。
特に銀色は、生活を支えるスキルが多いからな。
銀色のスキル結果を確認する。

《銀スキル》【格闘術：レベル1】【料理術：レベル1】【鍛冶術：レベル1】

「料理と鍛冶術！」

特にそれが気になっていた。この二つは上界でも耳にしたことがある。きっと、便利なスキルだろう。

どれも初めてのスキルだな。格闘術から調べていこうか。

『格闘術。無手での攻撃を強化する』

……なるほどな。これがあれば、もしかしたら武器を使わずの戦闘もそれなりにできるようになるかもしれない。

剣術、短剣術と比較すると、幅広い場面で活躍できるので、このスキルは嬉しい……か？

次に俺は料理術を調べる。

『料理術。料理に関する知識を獲得する。また、調味料などの料理に必要なものを製造できるようになる』

……なるほど。これがあれば地上で手に入るような調味料を作れるようになるのか！

塩、胡椒、ここ最近で国外から輸入された醤油などもあったか。

ここでの生活は食くらいしか楽しみがないからな。どれだけ作れるか、またあとで確認だな。

次に調べるのは鍛冶術だ。

『鍛冶術。武器、防具、その他細かな物の製造が可能になる。また武器、防具の打ち直しなどを行える』

鍛冶術を用いてさっそく手元の剣を見る。

『剣　耐久値　20／100』

かなり剣が疲労してしまっているようだ。

それもそうだよな。砥石《といし》などはないため、どうしようもなかった。

ただ、鍛冶術があれば今後は問題がなくなるのではないだろうか？

とりあえず、この剣はアイアン魔鉱石を使えば、耐久値の回復ができるようだ。

明日はひとまず、アイアン魔鉱石を探すところから始めないとだな。

アイアン魔鉱石自体はそれなりに見てきた。

用途がなかったので確保していなかったが、今後は見つけ次第手に入れていこう。

さて、ここまででかなり満足していたが、まだ金色と虹色が残っている。

金色を確認する。

《金スキル》【火魔法：レベル1】【水魔法：レベル1】【風魔法：レベル1】

風魔法は新しいな。……ただ、現状風魔法の使い道が思いつかない。

……服とか乾かすために使えるだろうか？　そんな程度の認識だった。

とりあえず、魔法はレベルアップしていけば戦闘でも使えるようになるだろうから、今後に期待だな。

最後は虹色だ。

「頼む、薬師、薬師来てくれ！」

俺は祈りながら、それに手を伸ばした。

《虹スキル》【薬師：レベル1】

「やった！」

薬師だ！　念願の薬師についての鑑定を行う前に、俺は自分のスキル、ステータスについて一度整理していく。

『クレスト　力51（＋1）　耐久力41（＋0）　器用44（＋0）　俊敏48（＋0）　魔力50（＋

1）』
　基本ステータスは随分と上がった。ただ、銅色スキルによるステータス強化の上昇はあまり変わっていない。
　とはいえ、最近では魔物相手に苦戦することはない。……まあ、新しい魔物を探してポイントを得るのと、食事のためくらいでしか倒していなかったが。
　基本ステータスはこんなところだろうか。次に俺はスキルを確認した。
《銅スキル》【力強化：レベル3（1／3）】【耐久力強化：レベル1】【器用強化：レベル1】【俊敏強化：レベル2】【魔力強化：レベル2】
《銀スキル》【剣術：レベル2（1／2）】【短剣術：レベル1】【採掘術：レベル1】【釣り術：レベル1】【開墾術：レベル1】【格闘術：レベル1】【料理術：レベル1】【鍛冶術：レベル1】
《金スキル》【土魔法：レベル2（1／2）】【火魔法：レベル2】【水魔法：レベル2】【風魔法：レベル1】

《虹スキル》【鑑定：レベル2】【栽培：レベル1】【薬師：レベル1】

だいぶ、集まってきたな。基本ステータスを強化する銅色のスキルは、これで全部そろっただろうか？

銀色のスキルは正直どれだけの種類があるか分からない。

……魔法スキルは、どうなのだろうか？　俺が持っているスキルの知識では、この四属性の魔法は基本属性魔法スキルだったはずだ。

だから、これ以上ないと言われればそれまでだ。

ただ、魔法自体は他にもたくさんある。付与魔法だったり、召喚魔法だったり、空間魔法だったりだ。

ガチャに入っているのかどうか。出来れば入っていてほしいが、そこは神様次第だな。

虹色スキルも、案外すぐに集まったな。

恐らく十一回ガチャで一つ確定で出るからだ。

ただ、今後はこのスキルたちのレベルを上げていく必要がある。

とりあえず、薬師について鑑定してみようか。

『薬師。ポーションの製作が可能になる』

やった！　試しに作成画面を確認してみると、レベル1でもポーション類はすべて作れるようだ。

レベルが上がればより質の良いポーションが作れる、とかだろうか？

ここでの生活を考えるなら、薬師のスキルはなんとしてもある程度のレベルまで上げておきたいな。

そして俺は、拠点の移動について改めて考える。

……ここまでスキルが揃ってきたし、周囲に新しい魔物は確認できていない。

ここで基本的なステータスの強化を行ってもいいが、それよりは新しい拠点を探して移動したほうが良いだろう。

正直言って、この周囲はもう探しつくしたと思っている。そろそろ、新しい場所に行くべきだろう。

よし、決めた。明日は拠点探しも兼ねて新しい食材、魔物を求めて移動しよう。

というのも、これまであまり薬草は見つけられなかった。

せっかく薬師というジョブを手に入れたのだから、それを活かせるよう、より薬草が多い場所に拠点を移したい。

「新しい拠点探しに、料理、鍛冶、そして薬師のポーション作成……明日色々と検証していかないとな」

特にポーションが、楽しみだな。

ポーションを保存するには入れ物が必要だ。さすがにガラス瓶はないからな。

そこも、今後の課題、か。

鍛冶術を見たところ、生活に必要な物も作れるようだった。

木材を手に入れれば、木製の食事に必要な食器類や水筒のようなものも作れるようだ。

ひとまずは、鍛冶術を用いてポーションの入れ物を製作していくしかないだろう。

色々やることがたくさんあって興奮してきてしまったが、体を休めないとな。

今日はもう眠ろうか。

○

朝。木の実を食べてから、俺は拠点を出発した。

ひとまず、もしものための食料として木の実を一つ脇に抱えながら移動する。

新しい拠点でも栽培できるように、種は洗ってポケットにしまっておいた。三つもあれば十分に増やすことが可能だろう。

この保存方法で大丈夫なのか気になったが、鑑定と栽培が問題ないと答えてくれた。

これまで行ったことのない場所を進んでいく。

以前見つけた新しい木の実があるほうへと向かう。

鑑定を使い、その木の実を調べる。

『オレンジイの実　種を植えると生えてくる』

柑橘系の果物だ。人の頭ほどあるその木の実を一つつかみ、皮を剥く。

口に運ぶと、甘みが口一杯に広がる。僅かにすっぱいものもあり、それがまたおいしい。種があったので、一つ確保して同じようにポケットにしまった。

それから俺は森を眺めた。今いるこの辺りまでは昨日の時点で探索していた。

ただ、ここから先は森も険しくなり、さらに拠点から遠くなるため進んでいない。

つまり、ここから先は未知のエリアだった。

「新しい魔物……俺が狩れるくらいだったらいいんだけどな」

多少の不安はある。

ただ、今日は新しい拠点を探すという気持ちでここに来た。どこまででも進んでやろう。

川からも離れてしまったが、水魔法で水分は確保できる。

近くの倒れていた木に触れながら鍛冶術を発動し、木の水筒のようなものを作成する。

ある程度、イメージに頼った結果だったがうまくできた。

そこに水を入れておけば、いつでも飲める。最終的にはポーションを入れるつもりだ。

試しに水を入れ、口へと運ぶ。ああ、うまい。

水魔法のおかげか、キンキンに冷えた水が喉を潤してくれる。

木の臭いとかがうつってしまうのではと思ったが、そんなこともない。

鍛冶術のおかげだろうか？　途中薬草を発見する。チユチユ草というようだ。

栽培は、根の部分を地面に植えればできるようだ。なので、ひとまず一つ分を確保してポケットにしまう。これも、新たな拠点で栽培するためだ。

それと、ポーションを確保するため、作成を行う。

チユチユ草と魔力水があれば作れるようだ。魔力水は、魔力を含んだ水のことなので、水魔法で可能となる。

二つを用意し、早速ポーションを製作する。ポーションはあっさりと作ることができた。

水筒にポーションが入った。俺はそれを試しに少し飲んでみた。

「あれ、おいしいな……？」

体の疲労が抜けるような感覚で、ポーションがきちんと機能しているのは分かる。

魔力も回復しているようだ。

ただ、それ以上に予想外なのは、ポーションが甘く飲み心地が良かったことだ。

俺が昔飲んだことのあるポーションはもっと変な味がしたのだが、これは違う。

「薬師のおかげか？　いや、それとも他のスキルも関係しているのか？」

上界に出回っているポーションだって薬師が作ったものなんだから、俺の他のスキルが関係している可能性はある。

それか、この『ガチャ』から出た薬師が、通常のものよりも優秀な可能性もあるな。

とにかく、薬師はかなり良いスキルで間違いないな。

これがあれば、今後の戦闘で多少の怪我はなんとかなりそうだ。

そうしてしばらく進んでいった時だった。

……新たな魔物を発見した。

鑑定の結果、ホブ・ゴブリンと表示される。

……ゴブリン種であるようだが、ゴブリンの上位種のようだ。

きっとゴブリンよりも強いだろうが……俺は剣を握りしめ、ホブ・ゴブリンへと斬りかかった。

第４話　「新たな魔物」

✖✖✖

俺は腰に差した剣を握りしめる。

……まだアイアン魔鉱石が手に入っていないので、耐久値は回復していない。

それでも、何とかなるだろう。格闘術もあるんだしな。

もちろん、魔物との戦闘では奇襲が基本だ。

学園にいた時は、そんなのは卑怯だと教わったが、ここではそんな甘いことは通用しない。

やるかやられるかの世界。俺はやられたくないので、あらゆる手段を用いる。

ホブ・ゴブリンの意識がこちらから別に移った瞬間……駆け出す。

「ゴア!?」

驚いたようにホブ・ゴブリンがこちらを見た。手に持っていた棍棒を振り下ろしてきたが、かわして剣を振りぬく。

ホブ・ゴブリンの足を斬りつける。かなり、深く斬れたな。

一撃で仕留められるか分からないため、まずは機動力を奪う。

怯んだホブ・ゴブリンに蹴りを放つ。

これは格闘術の効果を確かめるためだ。

ホブ・ゴブリンの体が吹き飛ぶ。……想像以上に力が出たな。

やはり、銀色玉から出るスキルも優秀だな。

とりあえず、すべてレベル1でいいから欲しいものだ。

「ゴア！」

ホブ・ゴブリンがすぐに跳びかかってきて、それをかわす。

動きは俺の方が速い。これなら、問題ない。

ホブ・ゴブリンを仕留めるのに、そう時間はかからなかった。

討伐したあと、ポイントを確認する。

「100、か。みんな100ポイントで固定なのか？」

ポイントが入ったことを喜んでいたが、ゴブリンの上位種だったのでもっと入るのではと、ちょっと期待していた。

まあ、悪くはないんだ。ポイントが手に入ることを今は喜ぼう。

この調子で、ホブ・ゴブリンを狩って、他の魔物も探していこう。

あと一種類発見できれば、5000ポイントまで稼げるだろう。

俺はちらとガチャの画面を確認する。

……今日が4月21日と表示されていて、残りは9日しかない。

その間に、少しでもガチャを回したい。

5月になれば、少なくとも今のガチャは回せなくなるのだと思う。だから、少しでもスキルレベルを上げたい。

5月から新しいガチャだって来るかもしれないしな。

そんなことを考えながら、歩いていると……新しい魔物がいた。見た目は牛のようだが、鋭い剣のような牙を二つ持った四足歩行の魔物だ。

近づき、様子をうかがいながら早速鑑定を使用する。

ファングカウという魔物のようだ。あの鋭い牙には気をつけないとな。あんなので突かれたら、たぶん死ぬ。

俺は移動しながら仕掛けるタイミングをうかがう。と、ファングカウは雑草を食べ始めた。食事に夢中になっている今がチャンスだな！

一気に迫る。遅れてこちらに振り向いたファングカウへと迫り、剣を振りぬいた。

「かたっ！」

仕留めきるには至らない。

ファングカウの皮膚が非常に硬かった。剣の切れ味が落ちているのも原因かもしれない。剣の耐久値は切れ味に相当するようなので、今の剣では厳しいのかもしれない。

ファングカウが振り返り、牙を振りぬいてきた。

剣で受けたが、キンッと金属音が響いた。

マジかよ。鉄の剣と張り合って負けないほどの頑丈さか。

俺は慌てて側面にまわり、ファングカウを斬っていく。

斬る、というよりも殴るというのが正しいか。

ファングカウの体は比較的大きいため、とにかく足を使って翻弄《ほんろう》していく。

奴が俺に一撃を当てる前に、ファングカウの側面をとる。その動きを繰り返していく。

……そうして、何とか倒した。

「疲れたな」

つ、強かった。これまでに戦ってきた魔物よりも苦労した。

そしてポイントを確認する。

「２００⁉」

１００ポイント固定ではないのか！

２００ポイントということは、ファングカウだけでも十一回ガチャが回せるということになる。

ファングカウに苦戦したと思っていたが、やはり他の魔物よりも強いようだ。

となると、魔物ごとにポイントは違うということで確定のようだな。

ただ、そのポイントの基準はいまいち分からない。

強さなのか、珍しさなのか。まあ、どちらでも良いか。

別に、見極める必要もない。

魔物を見つけたら、すべてポイント上限まで稼げばそれで良い。

基本は１００ポイントだと思っておけば、２００ポイントだった時に喜べる。

そのくらいの認識で良いだろう。

とにかく、ファングカウが様々な意味で良い相手になったのは確かだ。

ファングカウは牛肉、か。非常にうまいと聞いたことがある。

「ちょっと、料理でもしようか」

俺はその場で調理を開始する。

料理術のおかげか、肉の焼くタイミングに関して完璧に理解できた。

塩、胡椒、醤油等が欲しかったが、塩は海水が、胡椒は胡椒の実が、醤油は塩、大豆、小麦が必要なようだ。

この森は色々なものがあるので、いずれは手に入るかもしれない。

とりあえずは、海水から塩を作るのが一番現実的ではあるだろう。

川を泳いでいけば、恐らく海に繋がっているだろうしな。

肉を焼き終えた俺は、それを口に運ぶ。

「やべぇ……今までで一番かもな、これは」

……じゅわっと肉汁が溢れる。これまでの肉とはまた違った味だった。

俺が牛肉がもっとも好きというのもあるかもしれないが、それにしたってこれは病みつきになる味だ。

これで調味料が手に入ったら、さらに美味しくなるはずだ。

料理術の効果によって、味が向上しているというのもあるんだろうな。

俺はそれから、料理術を確認する。

料理術も素材を用意して料理を作るという能力がある。ポーション作成と同じように、一瞬で作れるというものだ。

　これで、ステーキを作ってみることにした。

　一瞬で料理が出来上がり、鍛治術で作成した木皿の上を指定して置いた。

　……それを口に運ぶ。しかし、先ほどよりも味が落ちてしまった。

　なるほど。

　また一つ検証できたな。

　こうした短縮して作るものは、基本的に自分で作るよりも味が落ちてしまうようだ。

　これなら、時間に余裕がある時は自分で肉を焼いたほうがいいな。大した手間ではないし。

　つまり、ポーションも自分で一から作ればもっと味や効果が向上するのかもしれない。

　質の向上は欲しいが、そちらも時間をかけて行うようなものでもないだろう。

　肉を焼いていると、匂いに釣られたのかホブ・ゴブリンがやってきた。

　俺の食事を狙っているようだ。数は二体。少し苦戦したが問題なく倒せた。

　ポーションを飲んで喉を潤しながら、体の疲労を回復する。

　……だいぶ安定してきたな。あとはこれで、雨風がしのげるような生活できる新たな拠点を見つけられればいいんだが。

　食事を終えたあと、再び歩き出す。

　道中の魔物を狩り、途中採取した薬草でポーションを製造し、発見した木の実で小腹を満たしながら森の散策を続ける。

アイアン魔鉱石を発見したので、俺はさっそく剣と合わせようとして、そこで鍛冶術の項目に気づいた。

ファングカウの牙とアイアン魔鉱石または剣を組み合わせることで新しい武器が作れるようだ。

気になったので早速ファングカウを倒しにいく。苦戦はしたが、何とか倒せたので、剣で牙を斬る。

それから、ファングカウの牙と剣を組み合わせる。

……出来上がった剣はこれまでの剣と見た目上の変化はない。

ただ、剣を握ってみてると確かな重みを感じた。

『牛牙剣　耐久値　２００／２００』

お、おお！　耐久値まで回復した。

これは想定外だった。おかげでアイアン魔鉱石が余ったな。

とりあえず、このアイアン魔鉱石で解体用のナイフでも作るか。

剣で解体すると、切れ味が悪くなるしな。

解体用のナイフを作成したあと、俺は近くのクモの巣と枝で釣竿を作る。

なぜかいい糸になるので、その糸部分だけを使ってナイフを腰にくくりつけた。

鍛冶術も、短縮製作を使用せずに作る方法もある。

……ただ、工房なんてないしな。

たぶん、鍛冶術も同じように自分で作った方がより性能は高くなると思うけど、それを試せる状況ではない。

今はこの短縮製作でも十分足りているからいいか。

釣りに関しても、余裕が出たら楽しみたいものだ。

そんなことを考えながら歩いていると、大きな木を発見した。

思わず見上げてしまう。

木の根元には、小さな穴があり、人が一人くらいなら横になれるようなサイズだった。

ここは、拠点としていいかもしれない。

周囲は比較的開けているのもあって、畑なども作りやすい。

俺はさっそく、モモナの実、オレンジイの実、チユチユ草の栽培をするために開墾術で耕していく。

クワも一緒に運んできていたが……今後拠点を移動することも考えると、あまり不必要にものを作らないほうがいいかもな。

荷物が多いと移動が大変になる。

作ったものに愛着がわくと、ついつい持ち運びたくなるからな。

素材のままのほうが持ち運びが楽なものもあるし、少ない素材などを使って製作する必要があるものは良く考えてから作ろうか。

○

次の日。

5000ポイント貯まるまで、魔物と戦った。

その日の夜。

俺は土魔法で木の入り口を隠す。空気の通り道をいくらか用意したあと、ガチャ画面を開いた。

暗い中でもガチャ画面だけははっきりと見える。ファングカウとの戦闘は、牛牙剣になってからかなり楽になった。

とはいえ、それでも時間はかかる。ホブ・ゴブリンのほうが戦いやすいと言えば戦いやすかった。

とにかく、一生懸命貯めた5000ポイントだ。

……頼むから良いスキルが出てほしい。

祈りながら俺が十一回ガチャに触れる。

5000ポイントが一瞬でゼロになる。この瞬間は中々怖い。

そして、いつものように宝箱が出現する。

おお！　また虹色に輝いている！　これは虹が2つ確定のはずだ！

それから出現した玉は、銅色4つ、銀色3つ、金色2つ、虹色2つだった。

宝箱が虹色に光ると、２つ確定なのだろうか？　３つ、とかは出ない？　そこは見たことがないので分からないな。とりあえず、銅色から確認していこう。

《銅スキル》【力強化：レベル１】【耐久力強化：レベル１】【器用強化：レベル１】【俊敏強化：レベル１】

ここに関しては何が出ても、正直言って大きく反応することはない。

重要なのはここからだ。

銀、金色のスキルで今後の生活が大きく変わってくるからな。

銀色の三つの玉から、スキルが出現する。

《銀スキル》【短剣術：レベル１】【仕立て術：レベル１】【飼育術：レベル１】

短剣術は被ったな。……今後レベルがさらに上がっていくのなら、鍛冶術で短剣を作るのもありかもしれないな。

とりあえず、新しいスキルを確認していこうか。

仕立て術……仕立て屋というのがあるから、それに近いものなのだろうか？

『仕立て術。服の作成に関わるスキル。また、布の製作も可能になる』

おお。衣服の製作ができるのは便利だな。下界に飛ばされてからずっと今の服装だ。洗えていないので、少し臭ってきていたしな……。

魔物の皮などを使い、毛皮の服なども作れるかもしれない。

新しい服が欲しいと思っていたので、悪くない。

何より、冬に備えて暖かい衣服なども用意できる。うん、持っておいて損はないな。

次は飼育術か。……生き物を育てるスキルだよな？

『飼育術。生物などを育てた場合、より強くなる』

……と言っても、育てられる生き物がいないからな。

さすがに果物などには反映されないだろう。『植物だって生きているんです！』と言う人もいたが、そうは言ってもな。

やはり銀色のスキルは良いものが多いな。

次の金色へと移る。手を伸ばし、スキルを確認していく。

《金スキル》【土魔法：レベル1】【風魔法：レベル1】

おっ、これで土魔法がレベル3に上がるな。さらに、壁を作るのが楽になるだろう。

今後は戦闘でも使えるかもしれない。

風魔法もレベル2になれば、擦り傷くらいは与えられるだろう。服を乾かす以外の使い道も見つかるかもしれないな。

最後は虹色の玉だ。ちょっとだけ、期待もしていた。

虹色スキルはピックアップ以外のスキルはあるのかどうか？　それもそろそろ判断できるだろうしな。

《虹スキル》【鑑定：レベル1】【薬師：レベル1】

しかし、結果はやはりピックアップのスキルだ。

……やはり、虹色はこの三種類のどれかが出るということで確定でいいよな？

ひとまずは、こんなところか。

スキルのレベル上げを行い、ステータスを確認する。


『クレスト　力62（＋1）　耐久力51（＋1）　器用51（＋1）　俊敏60（＋1）　魔力63（＋1）』


すべてのステータスが50を超え、60にも到達してきたものもちらほらと出てきた。

ステータスによって、伸びが違うのはそれだけ酷使したかどうかなんだろう。

力と俊敏は、よく体を動かすのだから当然上がる。

魔力は鍛冶、薬師、魔法と色々な場面で使用している。そのため、一番成長率が良かった。
耐久力に関しては今後もあまり上がらない気がするな。わざわざ敵の攻撃をくらいたくはないしな。

《銅スキル》【力強化：レベル３（２／３）】【耐久力強化：レベル２】【器用強化：レベル２】【俊敏強化：レベル２（１／２）】【魔力強化：レベル２】
《銀スキル》【剣術：レベル２（１／２）】【短剣術：レベル２】【採掘術：レベル１】【釣り術：レベル１】【開墾術：レベル１】【格闘術：レベル１】【料理術：レベル１】【鍛冶術：レベル１】【仕立て術：レベル１】【飼育術：レベル１】
《金スキル》【土魔法：レベル３】【火魔法：レベル２】【水魔法：レベル２】【風魔法：レベル２】
《虹スキル》【鑑定：レベル２（１／２）】【栽培：レベル１】【薬師：レベル２】

スキルに関しても確実に増えている。
今後もこの調子で新しい魔物を見つけてポイントを稼ぎ、ガチャを回していきたいところだ。

明日は仕立て術を試してみようか。

飼育術も使ってみたいのだが、使う場面がないからな。

明日の計画を立てながら、俺は横になって目を閉じた。

○

朝、土魔法で土を動かし、外の様子を確認する。

新しく作った畑に植えた薬草や木の実が順調に育ち始めている。

昨日、魔物を狩りながら採取しておいたモモナの実を一つ掴んで食べる。

……ああ、うまい。喉の渇きまでも潤すほどにみずみずしい。

チユチユ草は二日もあれば十分に生えてくることは鑑定で分かっていた。昨日植えたものも明日には回収できることだろう。

ひとまず、自然になっていたチユチユ草を掴み、ポーションを一つ作ってから、水筒に入れる。

さて、次は服だな。

鑑定をしてみると、草や花から服が作れるようだった。

花は量が足りないようだ。とりあえずは草だな。

草を集めてから、仕立て術を発動すると……一枚のシャツが出来上がった。

これは麻に素材が似ているだろうか？　肌触りは思ったよりも良い。

俺が着ている服は貴族のものだから、質はかなり良い方だがそれに負けず劣らずといったところだ。

新しい服に着替えてみる……うん、悪くない。というか、サイズも俺にぴったりだな。

「本当に、スキルは便利だな」

それまで着ていた服は水で洗う。石鹸《せっけん》が欲しいな。それらもスキルとかで作れるのだろうか？

と、料理術を見ていると……石鹸があった。

なぜに料理術に？　最初はそう思ったが、そういえばコックが話していた。

料理をするときに使った油を使って、石鹸が作れると。

だから、料理術に関係しているのだろうか。

油と灰さえ用意できれば作れるようだ。

油は……モモナの実、オレンジイの実からも回収できるようだ。灰も同じようにすぐに用意できた。

さっそくその二つを組み合わせる。と固形の石鹸が出来上がった。

「おお、いい香りだな」

今回はモモナの実から油を作ったのだが、まさかモモナの実の香りになるとは。

本来の石鹸の作り方はもう少し難しかったと思うんだが。スキルっていうのは便利だな。

とりあえず、以前着ていた上着を石鹸と水魔法を合わせて洗っていく。

手で洗うのが大変だったので、風魔法も合わせ、ごしごしと洗っていく。

その後、服を干すための竿を作り、木と木の間にかけ、そこに服をかける。

よし、これで拠点での作業は終わりだな。新しい魔物を探すため、俺は拠点を出発した。

閑話 「エリス2」

一体どうして、予定よりも早くクレストの下界送りが決まったのかについて私はメイドに問いかけた。

「クレストが下界に送られた？　一体どういうことですの？」

私の声は震えていた。

だって、クレストが下界に送られるのは明日だった。

メイドが私に嘘をついている。そう思いたかったが、メイドは真剣な様子で口を開いた。

「ハバースト家が決定したそうです。よほど、クレスト様のことが邪魔だったのでしょう」

「……本当、なんですのね？」

「はい」

「分かりましたわ。報告、ありがとうございます。一度、一人にさせてくださいまし」

「かしこまりました。失礼いたします」

聞き終えたわたくしは、先ほどの会話を整理するため、メイドを部屋から出し、一人ため息をついた。

ハバースト家のことだ。クレストが気に食わないからと予定より早くに下界へと送るなんてこと、当たり前のようにするだろう。

文句を言いたいが、わたくしにはどうしようもできない。

だって、今のわたくしはクレストとの関係が何もないいんだから。元、婚約者であるわたくしが、他家の事情に首を突っこめるはずがない。

わたくしが、わたくしが、自分の欲求を満たしたいがために、婚約破棄をしたせいで――。

ため息をついた瞬間だった。わたくしの目からぽろぽろと涙が溢れてしまった。

「……もっと、もっと早く気づいていれば」

その声は部屋の静寂に飲まれた。

もっと、彼を純粋に好きになっていれば――もしかしたら、今頃クレストはわたくしの隣で笑っていてくれたのだろうか？

わたくしが、もっと素直になれていれば……もう二度と会えないなんてこともなかったのだろうか？

そんないくつもの、『もしも』の未来を想像して、わたくしはいよいよ涙をこらえきれなかった。

嗚咽をあげ、部屋にあったタオルで必死に目元をぬぐった。それでも、止まることはない。

さらに涙はこぼれ、抑えきれなくなる。

そうして、わたくしは精一杯に自分の気持ちを吐き出した。

○

クレストが下界へと追放されてから、一週間が過ぎた。

王城への呼び出しがあったため、わたくしは家族とともに向かっていた。

今回の呼び出しはわたくしたちだけではなく、三大公爵家すべてだった。

それも、可能ならば全員参加、というものだった。

正直言ってわたくしはそんな気分ではなかったけど、父が絶対に参加するように言ったので仕方なく同行した。

さすがに国内の権力者が集まるためか、いつも以上に街にいた騎士たちは警戒を強めているようだ。

国内には三つの公爵家がある。この公爵家と王族たちが、この国の政治の中心である。

その家々のすべての人間を集めるということは、それだけ何か大きなことが起きていることでもあった。

王城に着いたわたくしは、すぐに大広間へと移動する。

王の入場を待っている時だった。クレストの兄の一人がやってきた。

わたくしとそう年齢は変わらない。確か、クレストの一つ上だったかしら？　興味はなかったので、名前も覚えていなかった。

「エリス様。お久しぶりです、今日もお美しいですね」

「……ええ、そうですわね」

わたくしは彼の視線がわたくしの胸や腕、首元に向いているのが分かった。

その気持ちの悪い視線の動きを理解しながらも、わたくしはいつもの『綺麗で、美しいエリス』として振舞った。

「確か、あの無能を下界送りにする少し前にお会いしたのが、最後でしたか」

無能。それはクレストのことだろう。

わたくしが普段から馬鹿にしているから、そう言ってきているんだろう。

だが、他者がクレストのことを悪く言っているのは聞いていてあまり喜ばしくはなかった。

「そう……でしたかしら？」

適当に誤魔化し、あしらったつもりだったけどクレストの兄は空気が読めないらしい。

「そうですよっ。ほら、エリス様が無能の顔を見に来た時があったじゃないですか！　その際に、お話ししたでしょう？」

楽しそうに語るクレストの兄。

……そんなこともあったかもしれない。クレスト以外のハバースト家に興味がないので覚えていなかった。

「どうでしょうか？　無能もいなくなったことです。エリス様の婚約者として、私はどうですか？」

笑みを浮かべたクレストの兄に、わたくしは微笑を返した。

「今は、他の方について考えられませんの。申し訳ありません」

「はは、もしかして、あの無能のことで悲しんでいるのですか？　さすが、エリス様はお美しく、お優しい方です」

かちん、ときた。

普段のわたくしなら、きっとこの程度の言葉に苛立ちはしても、わざわざ口にはしなかっただろう。

けれど、わたくしはにこりと笑みを浮かべて返した。

「はい、とても悲しんでいますの」

「それはそれは。それでは、私があなたのその悲しみを慰めてあげましょう。何より私は、無能よりも優秀で――」

「申し訳ございません。わたくし、クレスト以上の異性を知りませんの。あなたごときでは、クレストの代わりは務まりませんわ」

「……なっ」

「二度と、クレストよりも優秀などとふざけたことを抜かさないでくださいまし」

驚いたような顔をしたクレストの兄からそっと視線を外し、わたくしは一礼のあとに、去った。

それから、少し離れた場所にいた父の近くに移動する。

誰かに声をかけられても面倒だったから、父の陰に隠れることにしたのだ。

「……ハバースト家に喧嘩を売るようなことを言ったな？」

「ええ、そうですわね」

「あまり騒ぐな。おまえの価値が下がってしまえば、新たな婚約者が出来なくなるだろう」

「そうですわね、失礼いたしましたわ」

父は家の発展にしか興味がないため、わたくしの新しい婚約者についてすでに考えているようだった。

貴族の家に生まれたわたくしだけど、家のために結婚するつもりはさらさらない。

クレストに会いたい。

ハバースト家を見て、そこにクレストがいないのを見て、本当にもう二度と会えないのだと思い、余計に悲しく、またハバースト家に苛立ってしまった。

後悔というのは、絶対に後からついてくるものなんだろう。

もしも、わたくしが昔の自分に言えることがあるのなら……もっと素直になってと言いたかった。

もしも……そんな機会があるのなら――。

そんなことを考えていた時だった。

騒がしかった大広間が一瞬で静寂に包まれた。

見れば、周りの人々は膝をつき始める。

わたくしも慌てて膝をついたところで、王が入場してきた。

ちらと王を見る。……以前よりも太ったかもしれませんわね。そんなことを口に出してしまえば、大問題ですけれど。

王は、用意されていた椅子へと向かい……腰掛ける。

やがて、王が片手をあげた。

「顔をあげよ、皆の者」

王の言葉に、わたくしたちはすっと立ちあがった。

それから、王が声を張り上げた。

「今日、この場に呼んだ理由は……先日突如出現した魔物に関しての話だ」

「……それであれば、我がミシシリアン家が対応したものですが、何か不備でもありましたか？」

そう言ったのは、三大公爵の一つミシシリアン家だ。

公爵家は全部で三つ。

クレストの家である、ハバースト家。

わたくしの家である、リフェールド家。

そして、スキル『勇者の一撃』を与えられた子を持つ、ミシシリアン家。

これがこの国のトップたちだ。

特に、ミシシリアン家は、『勇者の一撃』を持つ子を、『勇者』とまつりあげ、今もっとも王からの信頼を厚くしていた。

王は、そんなミシシリアン家当主の言葉に首を振った。

「いや、それについては問題ない。だが……その後、教皇が神の啓示を授かったのだ。その文章が、教皇から先日届いた」

そう言うと、騎士団長が折りたたまれた紙を持って歩いてきた。

一礼のあと、騎士団長が紙を広げ、声をあげた。

教皇からのいくつかの挨拶が続いたあと、本題へと入る。

「さて、私が今回このように手紙を書いたのは、私が神より夢を授かったからだ。それは、これから先、大量の魔物が溢れいずるというものだ」

「大量の魔物だと⁉」

驚いた様子でハバースト家当主が声をあげた。

わたくしの父も眉間にしわを寄せている。

どこか、余裕そうなのはミシシリアン家であった。……以前の魔物騒動の際、『勇者』がその騒動を押さえこんだからだろう。

騎士団長は場が静まったところで、読み上げを再開する。

「だが、神は大量の魔物に対処するために段階的に力を与えてくださるともおっしゃった。そのスキルを持った者たちを以下に示す」

騎士団長はそう言ったあと、もう一枚の紙を取り出した。

「まずは、スキル『勇者の一撃』」

そのスキル名があがった瞬間、ミシシリアン家当主は自慢げに胸を張った。

そして、騎士団長は次のスキルを読みあげる。

「次に、『聖女の加護』だ」

わたくしの隣で父がほっとしたように、息を吐いた。

……『聖女の加護』はわたくしが持っているスキルだ。

二つの公爵家がスキルを持っていたからか、ハバースト家当主の顔色が明らかに悪かった。

元々、この三大公爵家の中では一番立場が弱かったのだから、そうなるのは当然でしょう。

「そして最後は……『ガチャ』だ」

第５話　「スキル検証」

さて、今日はどの方角の調査を行おうか。
地図はないが、大まかに周囲の状況は把握していた。
木の枝を使って地面に大まかな地図を描き、今日の探索するエリアを決める。
今日は東側を見て回ろうか。今いる地点から南側が、最初にいた洞穴のほうだ。
北側はポイント稼ぎをしながら、探索したが特に目新しいものは見つけられなかった。
奥まで行けば話は別かもしれないが、かなり遠出になってしまう。
もう少し、周囲を見てからでもいいだろう。
東側に向かうことを決めた俺は、そちらへと歩き出す。
まだポイントが稼げるファングカウとホブ・ゴブリンと戦いつつ、進んでいく。
新しい魔物がいれば、５０００ポイントに到達できるけど……。
そんなことを考えながら進んでいく。
途中、チユチユ草やアイアン魔鉱石を見つける。
「拾っておくか」
今後のことも考え、いくつかポケットにしまう。
リュックサックとか作れないだろうか。

仕立て術を調べてみると、ポーチ程度なら作れるようだった。

ポーチならば、邪魔にもならないし作ろうか。

早速、ファングカウを倒し、その皮を用いて作成してみる。

スキルを発動すると、光を放ち……ポーチが出来上がった。

そのポーチにアイアン魔鉱石とチユチユ草を入れる。

ついでに、糸で無理やり括り付けていたナイフも、皮のホルスターを作り、そこに入れた。

よし、仕立て術のおかげで色々な皮を使った小物が作れるな。

ファングカウを仕留めたあと、皮へと加工し、ファングカウの皮鎧を作る。

それは鎧……というよりは下着のようなものなので、中へと着込んだ。

「思っていたよりも頑丈だな」

急所を守る程度の装備だが、ないよりはましだろう。

そうやってスキルを試しながら狩りをしていると、ファングカウと、ホブ・ゴブリンから回収できるポイントがなくなってしまった。

「ガチャ、回したいな」

とりあえずあと一種類。贅沢《ぜいたく》を言うのなら、もっとたくさん魔物が発見できればいいんだが。

そして、出来れば俺が簡単に倒せる魔物が良いんだけど、森を進んでいくほどに魔物も強くなっている気がする。

この先の魔物で、弱い奴は期待できないかもしれない。

そんな思いとともに歩いていた時だった。……潮の臭いがした。
まさか、海が近くにあるのか？ そちらへと向かうと――砂浜が見えてきた。
「おお、海だ！」
海水があれば、そこから塩が作れる！
俺は近くの木に片手を触れる。そして、鍛冶術を用いて小さな箱を作った。
それを塩の入れ物にするためだ。
急いで俺は砂浜を歩き、海へと近づく。波の揺れを見ながら、木の箱で海水をすくう。
それから、料理術を発動する。一瞬の光を放った後、海水がすべて塩へと変わった。
「普通だったら、こんな簡単に手に入らないよな」
便利すぎるな、スキルというものは。
とりあえず、これで塩を手に入れられた。
まさか、こんなに早く、そして楽に塩が回収できるとは。
これで今後の食事がさらに楽しみになったな。
それに、拠点からそれなりに歩いたところに海がある。
これも貴重な情報だ。
海の向こうは、深い霧があって何も見えない。
「……この大陸の外には、何があるんだろうな」
海を渡った先に大陸があるのかどうか。そのあたりは気になるところだった。

上界にいた時も、海の向こうにどんな世界が広がっているのかは知らなかった。

霧が深すぎて、その先に行くことはできないからだ。

何度か調査を行おうとしたそうだったが、霧に飲まれてしまい調査団は全滅したことから、海の向こうへ行こうとする考えはいつしか消えていたのだ。

そんな事を考え歩いていると、海から一体の魔物が飛び出してきた。

半魚人の魔物――サハギンだ。

手には槍が握られている。……海にも魔物がいるからな。下手に泳ごうとしたら、殺されるだろう。

とりあえず、新しい魔物は悪くない。サハギンが大地をけりつけ、槍を突き出してくる。

速い。砂浜という動きにくい足場もあって、攻撃をかわすのにも苦労する。

数度槍を振りぬかれたところで、俺は土魔法を発動する。

サハギンの足場に土を作り、その右足と左足のバランスを崩した。

「シャァ!?」

突然の変化にサハギンが驚いた様子だった。その一瞬が命取りになる。

俺はサハギンの喉に剣を突き刺した。

サハギンが動かなくなったのを確認してから、剣を抜いた。

血を拭き取りながら、サハギンの槍を見る。

槍は……非常に状態が悪いな。これじゃあ使い物にはならなそうだ。

森に放置して、この辺りの魔物に拾われてもかなわないので、俺はそれを土に埋めた。

サハギンを倒して獲得できたポイントは200だ。

ポイントが多くて良かった。下界に来てから随分と成長した俺のステータスでぎりぎり戦えたくらいだからな。

200は十分だろう。というか、もっと欲しいくらいだ。

槍も鍛冶術によってアイアン魔鉱石等で修復できるようだが、現状剣だけあればいい。というか、俺は槍を使ったことがない。

槍術とかでどうにかできるのかもしれないが……命をかけた戦いで無理に使う必要もないだろう。

砂浜を移動し、サハギン狩りを行う。

サハギンを狩っていると、森のほうからポイズンビーという魔物もやってくる。

「毒持ちの魔物、か」

鑑定して分かったが、ポイズンビーは毒を持っているようだ。

耳障りな羽音をあげながらポイズンビーが迫ってくる。

警戒しながら戦ったおかげで、何とか攻撃を受けずに仕留められた。

倒したポイズンビーを鑑定すると、どうやらポイズンビーの針には解毒効果があるようだ。

チユチユ草、魔力水と組み合わせれば、解毒用ポーションが作れるようだ。

これは一つ作っておこう。それまで入れていたポーションを飲み干し、解毒ポーションを作って入れた。

この辺りの狩りをするなら、解毒用ポーションを持っていたほうがいいだろう。

「ポイズンビーは……１００ポイントか」

こいつはこいつで結構危険な魔物だが、一撃ヒットさせられれば倒せる打たれ弱い魔物だった。

このポイントの量は妥当なのかもしれない。

ポイズンビーが再び現れた。今度は二体か。

人間の頭ほどのサイズであるが、飛んでいるため戦いにくい。

ポイズンビーたちの攻撃をかわしながら、剣を振る。一体を仕留めたが、剣が深く刺さってしまい抜くのに手間取る。

「やばい！」

もう一体が突っ込んできて俺の腕をポイズンビーの針が掠めた。

回避したつもりだったが、避けきれていなかったか。

そして、違和感はそれだけではない。

「おえ……っ！」

軽い酩酊《めいてい》感に襲われる。

攻撃をくらった次の瞬間から頭が重くなった。

これが、毒状態なのだろうか。まるで高熱でも出たような感覚だ。

慌てて解毒用ポーションを飲み、解毒する。

もう一体を仕留めたところで、針を回収して解毒用ポーションを作っておいた。

あ、危ないところだったな。

解毒用ポーションがなければ、そのまま死んでいたかもしれない。

薬師を手に入れられててよかった。

こんな危険な魔物がいるんじゃ、他の生存者を探すなんてまず無理なのかもしれない。

「色々なスキルがないと、生き延びられないしな……」

今後もずっと一人、なのだろうか。

はぁ、それは少し悲しいな。

俺はそれからポイズンビーとサハギンを狙って戦っていく。

空が暗くなる前に、狩りを切り上げ俺は拠点の大木へと戻った。

ポイントは６６００。

まずは今日のガチャを回すとして、明日もポイズンビーとサハギンを倒していれば５０００までは稼げる。

ひとまず、今日明日は安泰だな。

ただ、その先はどうなるか分からない。探索の範囲を広げるのも忘れずに行わないとな。

……ガチャを回したかったが、その時、ぐぅと腹が鳴った。

「先に飯にしようか」

ガチャを回したい気持ちもあるが、空腹には敵わなかった。

ひとまず、夕食の準備を始める。

……今日は塩がある。途中で倒したファングカウの肉に串を突き刺す。

これは俺が鍛冶術で作った串だ。

それから塩をふりかけ、肉を火の近くに置いた。

料理術で短縮して作っても良かったが、食事は楽しみの一つ。

ここに手間暇くらいはかけないとな。

まずは一つ、肉を食べた。うまい。

まだ塩は使っていないが、それでもかなりうまい。

次に焼く肉は、塩による串焼きだ。

……塩と肉汁が絡み合い、これまでに想像したことのない旨味があった。

塩……！　こんなに変わるとは！　あっという間に食べてしまった。

それだけでは足りないので、さらに焼いていくことにした。

……はぁ、本当にここでの生活はこの食事が楽しみだ。

チユチユ草と一緒に食べる。薬物の野菜で食べられるのは現状これくらいだからな。

いずれ、別の野菜も見つけ、栽培で増やしていきたいものだな。

後は米やパンが手に入ってくれれば、この肉を挟んだハンバーガーや肉汁を絡ませたステーキライスとか色々楽しめるんだけどな。

これだけ広く、独自の植生がある森だし、いずれは出会えるかもしれない。

今はその時が来るのを楽しみに待っていようか。

食事を終えたところで、ガチャを回すため、集中する。

頼む、良いスキルが欲しい。

今の俺がさらに強くなるには、虹色ではなく金、銀色の玉が重要になってくる。

十一回ガチャへと指を伸ばし、タッチする。

「新しいスキルきてくれよ……！」

次の瞬間、眼前に宝箱が現れる。その宝箱は虹色に輝いていた。

ということは、ピックアップスキルが二つ確定、か。

そうか。いや、虹色は虹色で嬉しいんだけどな？

けど、あんまり攻撃的スキルじゃないからな。宝箱から玉が吐き出されていく。

え⁉　虹色三つ⁉

出現した玉は、銅色三つ、銀色四つ、金色一つ、虹色三つだった。

……つまり、虹色に宝箱が輝いたら、虹色の玉は二つ以上確定ってことなのだろうか？

に、虹色三つか。

俺はこのガチャの恐ろしいところに気づき始めていた。

虹色は確定で一つ手に入るが、今回のように金色が異常に少ないみたいなこともありえるのだ。

下手をすれば、銅色10、虹色1みたいなことだってあるかもしれないのだ。

恐らくだが、銅色が出ないということはないと思う。たぶん一番出やすい確率だろうからな。

銅色1、虹色1あたりは絶対確定している。そして、この宝箱の演出次第では虹が1～3で上下する。……下手したら、もっと虹は出るかもしれないが、まあ今のところは1～3だ。

そうなると、残りは八つ程度になる。……銅色が三つ程度はいつも出ているため、残り6枠。

……銀色、金色は生活を向上する上では絶対に欲しいスキルがいくつも出ている。

中々、厳しいガチャだよな。

嘆いても仕方ない。最悪の確率を引かないことを祈るだけだ。

まずは、銅色からだ。

《銅スキル》【力強化：レベル1】【俊敏強化：レベル1】【魔力強化：レベル1】

まあ、これに関しては別に何か思うようなことはない。

次からが重要になってくる。

銀色四つ……これで何が出てくるかだな。

《銀スキル》【剣術：レベル1】【釣り術：レベル1】【採取術：レベル1】【地図化術：レベル1】

……採取術、地図化術に関しては見たことがないな。

どのようなスキルなんだろうか？　早速鑑定だな。

『採取術。物を採取した場合に、質を向上させる』

……なるほどな。つまり、今畑で育てている植物などの質を向上させ、ポーションや料理の材料にした時にさらに良いものが作れるようになるということか。

やはり銀色の玉は優秀なものが多いな。

次は地図化術だな。

『地図化術。これまでに移動した範囲を地図として、眼前に表示できる。また、木材を消費することで、紙の作成、またその紙にこれまでの行動で手に入れた地図情報を紙に記すことができる』

「やった！」

これは今後の探索に使えるな。

早速眼前に地図を表示する。……すでにこれまでに移動してきた範囲がすべて地図になっていた。

南の洞穴を中心に、川が海のほうまで流れている。

川の上流のほうは、まだ歩いていないな。大木が見える範囲でしか北側の探索もしていない。

現在の自分の位置も表示されるので、これで迷子になることはほぼないだろう。

早速近くの木を用いて、紙を生成、そこに地図を書き写してみる。

紙の質がかなりいい。採取術の効果も反映されているのかもしれないな。

表立って大活躍するわけではないが、あれば便利なスキルを二つも手に入れてしまったな。

ほっと胸を撫でおろしながら、俺は次の金色に期待する。

期待して金色の玉へと手を伸ばした。

《金スキル》【付与魔法：レベル1】

……は、初めての魔法だな。

付与魔法。確か……武器とかに、属性を付与させることができる魔法だったよな？

『付与魔法。武器、防具に能力を付与できる。ただし、付与できる能力は装備品によって決まっている』

……なるほどな。

とりあえず、明日の狩りで色々と試してみるかな。

最後は虹色の玉となる。

三つ……まあ、どれもピックアップされているスキルが出るんだろう。

スキルレベルが上がるのは嬉しいが、現状銀色の玉が優秀なことが多いからな。

もうちょっとそちらに枠を割いてほしいと思わないでもなかった。

俺の気持ちなんて知らないとばかりに虹色の玉が光輝いた。

《虹スキル》【鑑定：レベル1】【栽培：レベル1】【薬師：レベル1】

……おお、全部ばらけたか。

結構運が良かったな。

とりあえず、被ったスキルなどはすべて強化に使っていく。

……自動で強化してくれてもいいんだけどな。

それとも、強化以外に使い道とかあるんだろうか？

俺はまず、今日一日の成果を確かめるため基礎ステータスを確認する。

『クレスト　力70（＋２）　耐久力60（＋１）　器用55（＋１）　俊敏67（＋２）　魔力70（＋１）』

……実はこのステータスに関して、俺は色々と検証していた。

まず、数値を細かく見ていた。

そして、今回俊敏の（）内が＋２になったことで、俺の推測はほぼ合っていると思っている。

まずこのステータスの意味から考えていた。

（）内の数字が反映されて、上側の数字なのか。

それとも、（）内の数字を足した数字が、本当のステータスなのか……。

結果は後者だった。

それは次の検証と合わせて説明したほうが分かりやすい。

銅色のステータス強化系スキルがパーセント強化なんじゃないかと考えていた。

現在の俺の俊敏強化はレベル３だ。ただ、それは今回のガチャで出て、強化されたからだ。

それまでの俺の俊敏強化はレベル２。だが、レベル３に強化した瞬間、（）内の数字が＋１から＋２に変化した。

……これで、67という数値が基本の数字ということと、レベル＝パーセント強化ということが分かった。

例えば、俺の実際のステータスが63の場合、レベル３の俊敏強化だと１・８９という数字になる。

これだと（）内の数字は＋２にならない。だが、67の場合、３パーセントは２・０１。ギリギリではあるが、（）内の数字は＋２となる。

この検証が偶然できたのは、ラッキーだったな。

最悪ステータスとスキルを調整してどこかでやろうと思っていたからな。

もしも、神様なりの理論によってこの数字が決められていたら、もう俺には分からない。

俺は別にそんなに頭が良いわけでもないしな。これ以上の複雑な算出方法だったら、かなりの恩恵を受けられるもの、として認識させてもらう。

俺はそれから、自分のスキルを確認する。

《銅スキル》【力強化：レベル４】【耐久力強化：レベル２】【器用強化：レベル２】【俊敏強化：レベル３】【魔力強化：レベル２（１／２）】

《銀スキル》【剣術：レベル3】【短剣術：レベル2】【採掘術：レベル1】【釣り術：レベル2】【開墾術：レベル1】【格闘術：レベル1】【料理術：レベル1】【鍛冶術：レベル1】【仕立て術：レベル1】【飼育術：レベル1】【採取術：レベル1】【地図化術：レベル1】

《金スキル》【土魔法：レベル3】【火魔法：レベル2】【水魔法：レベル2】【風魔法：レベル2】【付与魔法：レベル1】

《虹スキル》【鑑定：レベル3（MAX）】【栽培：レベル2】【薬師：レベル2（1／2）】

この中で気になるものがあるとすれば、鑑定のスキルレベルだ。

……虹色のスキルは、すべてレベル3がマックスなのだろうか？　初めての入手、そして最大までの強化で必要な個数は4つでいいのだろうか？

それならわりとレベルマックスは狙いやすい気もする。

逆に言えば、期間が決まっているから、ということなのだろうか？

ただ、こうなると、今後虹色が本当にハズレ枠になりかねないという不安がある。

次に鑑定が出てしまった時、その使い道が別にあるのだろうか？

そんなことを考えながら、俺は食事をする。

閑話「エリス3」

✖ ✖ ✖

騎士団長の『ガチャ』という言葉に、この場にいた全員が驚愕していた。

……というのも、公爵家のわたくしたちは皆、クレストの鑑定の儀が行われた会場にいたからだ。

ハバースト家当主が自慢するために呼びつけ、結果的には大恥をかいたあの場での出来事であったが……それゆえに、『ガチャ』については知識を多く持っていた。

騎士団長は最後の手紙を取り出した。

「この三つのスキルが、どうやら神様が遣わしてくださった力のようだ。また、ここからは教皇様の予想になるが、今後も強力なスキルを持った人が現れるだろう。スキル持ちに関しての扱いは慎重にしていく必要がある……だそうだ」

教皇様の手紙を閉じた騎士団長は一礼の後に、壁側へと移動する。

わたくしは、じっとハバースト家当主を見る。彼の顔は青ざめていた。

当主だけではない。ハバースト家の者たち皆が、同じような顔をしている。

そんなことに気づいていないのか、王はニコニコと微笑んでいた。

……あまり有能な人ではない、と父は話していた。

こういった小さなやり取りで、わたくしはそれを感じ取った。

「そういうわけだ。つまり、ここにいる三家に強力なスキルを持った者たちがいるというわけだ！　そして、今後ももっともっとたくさん現れるかもしれない！　魔物に関して、我々は臆する必要はないのだ！」

にっこにこである。クレストが『ガチャ』のスキルを持っているのは知っているようだったが、その後どうなったかまでは情報が伝わっていないようだった。

それに、そんなにこにこできるほどの事態なのだろうか？

わたくしたちに力があるとはいえ、所詮は三人だ。

仮に、魔物があちこちで大量発生した場合、所詮三人で対応できる範囲は限られている。

……まして、今は二人ですしね。

「さて……それでは神の寵愛《ちょうあい》を受けた三人のスキル持ちよ！　前に出てきてくれ！」

王様がそう言って、わたくしは一歩前に出た。

それから、ミシシリアン家からはミヌが前に出る。

……わたくしは彼女があまり好きではなかった。一瞥《いちべつ》だけして、視線を王に戻した。

ミヌはわたくしと同い年だ。彼女の容姿はわたくしと同じ――いや、わたくし程ではないが美人な女性だ。

そんなミヌは――クレストに恋心を抱いていた。理由は簡単だ。

これまで家では不当な扱いを受けてきたミヌは、クレストと同じ騎士学科に通い、そこでクレストに仲良くしてもらっていた。

だから、彼女はクレストのことが気になっている様子だった。

わたくしたちが一歩前に出たところで、王がきょとんとした目を向ける。

「ハバースト家の者はどうした？　まさか、この場に来ていなかったのか？」

「そ、それが……」

「全員集合だと伝えておいただろう？　まったく、まあ良い。あとで本人にも伝えておいてくれ。国を守るために、力を貸してほしいからの」

嬉しそうな王様とは対照的に、クレストの父の顔は険しくなっていく。

それは彼だけではなく、兄たちもだった。

そこで、私の父が一歩前に出た。

ニヤリ、と父は何か思いついたような笑みを浮かべている。

……たぶんだけど、我が家にとって利益を得られる、あるいは他の家を陥《おとしい》れられるようなことを思いついたんでしょうね。

本当に意地悪い人なんだから。

「王、ハバースト家の『ガチャ』スキルを持った者は、決してこの場に足を踏み入れることはないでしょう」

「どういうことだ?」

「それは、直接本人の口から聞いてみてはどうでしょうか?」

そう言ってクレストの父をじっと見る。

クレストの父は顔を真っ青にし、じんわりと汗を浮かべながら、

「く、クレストは……っ、罪を犯した……ので、その……魔法陣を利用し、下界送りにしました」

絞り出すように言った。

目をぱちくりとしていた王様は、その言葉を一瞬理解できなかったようでしばらく呆けていたが、それから顔を真っ赤にして激怒する。

「げ、下界送りだと⁉　神の寵愛を受けているのだぞ⁉　何をしているんだ⁉」

「し、仕方ありませんでした！　クレストは、大きな罪を犯したのです‼　彼を罰さなければ、我々の公爵家としてのプライドが！」

「一体どんな罪を犯したというんだ⁉　言ってみろ！」

「そ、それは――」

王様が声を荒らげると、ハバースト家当主ははげた頭に汗をびっしりと浮かべていた。

良い気味だ。

わたくしは、少し胸が軽くなった。

わたくしに話していた予定よりも早く下界送りにした。

……わたくしから、謝罪の機会を奪ったハバースト家当主が苦しんでいる姿を見て、ほくそ笑む。

その時だった。隣にいたミヌがハバースト家当主へと近づいた。

「……クレストは、何の罪も犯していない」

「ええ、そうですね」

ミヌの言葉に乗っかるように返事をしながら、わたくしの父がそちらへと近づいていった。

そして、わたくしの父は王様を見ながら続ける。

「ハバースト公は己の小さな苛立ちを晴らすため、クレストを嘘つきと決めつけ、下界送りにしたのです」

「……どういうことだ？」

王様が首を傾げる。

それに対して、父が答えようとしたところで、ハバースト家当主が声をあげた。

「り、リフェールド公！　決してそのようなことは断じてない！　奴は――」

「事実は、どうでしたか？　教皇の言葉を借りるのなら、クレストがあの場で言った言葉はすべて、本当だったようですが」

「そ、それは！」

「クレストの言葉をまったく信じなかった……あなたが原因ではないでしょうか？」

「……」

ハバースト家当主は、何も言い返せない。

それに対して、わたくしの父がにこりと微笑み、王様を見た。

「王！　クレストの捜索を我が家が全力をあげて行いましょう！」

「本当か⁉」

「はい！　ですから……クレストを連れ戻した暁《あかつき》には、彼をハバースト家の当主に任命していただけませんか？」

わたくしは、その一言で父の目的を理解した。

そして、ハバースト家当主が目を見開き首を横に振った。

「ふ、ふざけるな！　クレストは五男だ！　爵位を引き継ぐような権利はない！」

「ですから、王に相談しているのです。王、クレストに公爵家を引き継がせてはくれませんか？　そうでないと、連れ戻すのも難しいかもしれません」

「何？　どういうことだ？」

王様が首を傾げる。

……なぜクレストを連れ戻すのが難しいか。そんなのは簡単だ。

「これほど、酷い仕打ちを受け、家や……下手をすれば国に復讐の念を抱いている可能性があります。ですから、こちらもそれなりの対応をする必要があります」

「……なるほど、な。それが、公爵という爵位の用意か？」

「実際は少し違います」

「なんだと？」

「簡単に言えば、ハバースト家の者たちよりクレストの立場を上にするのです。……ここにいる、クレストに不当な処分を与えた彼らに、クレストが鉄槌《てっつい》を下せるように」

「……なるほど、な」

王様がちら、とハバースト家当主を見る。

クレストの父は顔を真っ青にしていた。彼だけではなく、他の兄弟も全員だ。

だって、みんなクレストのことをいじめていた。

そのクレストが万が一当主になった場合――どうなるかは目に見えていますわね。少なくとも、ハバースト家の人々にとって、クレストの当主就任は何としても止めたいことだと思う。

「お、王！ なにとぞ、お許しを‼」

「おまえたちは皆、国を守るために存在しているのだ！ クレストが戻る条件を提示した場合、余はクレストのできる限りの要求を受けるつもりだ‼ それが、爵位というのなら、くれてやるつもりだ！」

王様のその発言によって、ハバースト家の者たちが絶望したような顔になった。

わたくしは、父が小さくほくそ笑んだのを見て、すべてを理解した。

……父はわたくしとクレストの関係を利用し、実質二つの公爵家の力を得ようと考えているのだ。

そうなれば――王さえもしのぐほどの力となるかもしれない。近い将来、リフェールド家が王座につく日も来るかもしれない。

それが、父の狙いなんだろう。

けれど、それはあくまでわたくしがクレストと親しくしていればの話だった。

わたくしがクレストにしていたことを、父は知らない。

だからきっと、父の望み通りの展開になることはないだろう。

……まあ、わたくしには、父の企みなんてどうでもいい。

でも、もしかしたらもう一度クレストに会えるかもしれない。

そこで、クレストにこれまでのことを謝ろう。

今さら許してもらえるとは思っていないけど……せめて、わたくしの気持ちだけは伝えたかった。

第６話 「スキルＭＡＸのガチャ」

昨日はガチャを回した後、畑に栽培スキルを使用し、そのまま眠りについた。

次の日、俺は眼前に表示した地図を確認する。

「おお、俺の作った下手な地図より滅茶苦茶分かりやすいな」

とりあえず、今日はまだ未開の北東側に行こうか。

地図でいうと、昨日探索をした海のさらに北側だな。

探索の準備でポーチに解毒用ポーションを一つと、通常のポーションを一つ入れる。

それといつでも解毒用ポーションを作れるようにチユチユ草とポイズンビーの針をポーチに入れておいた。

俺は栽培スキルのレベルが上がったことにより成長が早まり、庭になっていたモモナの実を一つ取り、移動しながら食べていく。

……うまいな、本当に。栽培スキルのレベルアップと採取術を獲得したおかげだろうか？

こんなうまいものが毎日食えるのは、本当に幸せだ。

公爵家にいた時は、食事を抜かれることもあったからな。

あとは、寝床や家でも作れればもうここでの生活に文句の一つもなくなる。

地図を見ながら、まずは一度川へ出る。川の水を鏡代わりに、解体用ナイフで生えていた髭などを軽くそってから、顔を洗う。

すっきりしたところで、俺はさらに東側へと向かう。

……そうしてしばらく歩き、海へと出たところでサハギン狩りを行っていく。

「もう、慣れてきたな」

この二体の相手をしていることで、ステータスも上昇した。今の俺が、サハギンに苦戦することはなかった。

サハギン、ポイズンビーを倒しながら、海伝いに北へと進んでいく。

昨日はポイズンビーに攻撃をくらったが、今日はそんな危険もなかった。

完全に捌ききり、無事討伐した俺は、さらに北へと進み……海に桟橋がかかっているのを見た。

「……どういうことだ？」

近くを見るが船はない。

桟橋の大きさからしてそれほど大きな船ではないと思うが、近場に船は一切見当たらない。

誰かがこれを作ったのだろうか？　随分とつたない造りだ。

恐らくは建築系スキルを持たない者がそれでもどうにかして作ったのだろう。

随分と古びている。木は腐っている部分もある。

……つまり、これを利用した人間はもうここにはいないのだろう。

「この海の向こうに渡ったのか？　何か理由があって？　それとも、ただ調査をするためだけに、なのか？」

ここに桟橋を作ったということは海に何かあったんだろうか。

軽く覗きこんでみるが、サハギンが飛び出してきたくらいしかなかった。

そのサハギンを処理しながら、さらに北へと進んでいく。

しばらく進んだところで休憩もかねて付与魔法を使ってみることにした。

まず付与魔法が使える装備はある程度のものでないとダメなようだ。俺が身に着けている衣服などはダメだ。

俺が今持っているものだと、解体用ナイフ、牛牙剣の二つだけか。

まずは解体用ナイフを確認する。

付与できるスキル候補が三つ出てきた。

『解体術』、『毒術』、『投擲術』。

この三つだ。……鑑定を使って一つずつ確認する。

『解体術。何かしらのモンスターの魔石を消費することで付与可能。モンスターをより上手に解体できるようになる』

解体専用のスキルか。戦闘にはあまり影響はしないようだ。

ただ、今俺が使っているナイフは解体専用だしこれが一番良いかもしれない。

『毒術。毒種のモンスターの魔石を消費することで付与可能。対象に毒攻撃を行えるようになる』

戦闘に用いるなら悪くないだろう。ただ、毒がどれほど魔物に有効なのかは分からない。

『投擲《とうてき》術。何かしらのモンスターの魔石を消費することで付与可能。投擲した場合のナイフの切れ味をあげる』

なるほどな。魔物の身体には魔石がある。

上界での魔石の扱いは、宝石としての価値が強かった。

一応、魔法系スキルの強化をするために使えるらしいが、多くの場合は貴族が貴重な宝石として購入してしまうからな。

だから、これまで俺は見向きもしなかったが……魔石を消費することで付与魔法が使えるのか。

……そういえば、上界では付与魔法はハズレ扱いされていた。

高価な魔石を使わないとどうしようもないからな……。

とりあえず、今俺はこれを解体用として使っているし、ナイフに付与できるスキルは一つだったので、サハギンを倒して魔石を回収し、俺は解体術を付与した。それから、ナイフを鑑定する。

『ナイフ　耐久値　150／200　解体術　レベル1』

なるほどな。これで解体がうまくなるのだろうか？

このスキル付与のレベルは、もしかして付与魔法のレベルが関係しているのだろうか？

だとすれば、付与魔法には今後期待したいな。

俺は次に牛牙剣を取り出す。

この付与魔法の候補というのは、武器ごとに同じなのだろうか？

それとも、ある程度ガチャと同じでランダム性があるのだろうか？

……アイアン魔鉱石自体は拠点にいくつか余っているが、あれはあくまで武器の補強用だ。

まだ付与魔法のレベルが高いわけでもないので、無理に実験するのもな。

鉱山でも見つけられれば話は別だが。

牛牙剣に付与魔法を使うと、三つの候補が出された。

知らないスキルは鑑定を使いながら、確認していく。

剣術、ファングカウの底力、斬撃術だ、
とりあえず、ファングカウの底力調べてみようか。

『ファングカウの底力。ファングカウの魔石を消費することで付与可能。力を強化する』

……ほう。単純に力のステータスにプラスしてくれるスキルだろうか。

あって困ることはないだろう。次は斬撃術だな。

『斬撃術。何かしらのモンスターの魔石を消費することで付与可能。魔力を消費することで斬撃を放てるようになる』

……剣術は知っているので、候補からは外そう。

それとも、剣術と剣術を合わせることで二倍強くなれるとかあるのだろうか？

ただ、今はどちらかというとこの知らない二つのどちらかのスキルにしたいな。

ファングカウの底力は……少し気になるが基本ステータスの強化か。

基本ステータス強化は今のところ微妙なものが多いからな。

それよりは斬撃術のほうがいいだろうか？

今は近接攻撃しかないからな。できて、小石や土などを投げつけるくらいだ。

斬撃術の威力がどの程度かは分からないが、離れた場所に攻撃できるのなら便利だろう。

魔法系スキルは、どれもチャージ時間が必要になる。いわゆる詠唱と呼ばれる時間だ。

それがなく使えるのなら、斬撃術が欲しい。

俺は先ほどと同様にサハギンを倒し魔石を使用して斬撃術を付与することにした。

『牛牙剣　耐久値　２３０／３００　斬撃術　レベル１』

早速使ってみよう。

俺は魔力を剣に込めてから振りぬく。

「おお！」

俺の剣の軌道にあわせ、斬撃が飛ぶ。速い。

近くの木にあたると、木の半分ほどまで斬りつけることができた。

こ、これは中々良いな。

とどめを刺すためにはパワーは少ないかもしれないが、相手を削るには十分だろう。

特に、この剣を作るための素材であるファングカウは動きが遅い魔物だ。

あれなんて、無抵抗のまま倒せるだろう。

よし、このままさらに探索を進めていこうか。

○

砂浜の終わりが見えてきた。

地図化術を発動し、周囲の状況を地図にて確認する。

ここから南西へと向かうと、俺が拠点にしている大木まで戻れるようだ。

一度通った場所は地図に表示されるのだが、ちょうど、その途中はまだ空白である。埋めるために、戻ってみるのも悪くないが、空を見る。まだ拠点に戻っても早いんだよな。

「もう少し、探索するか」

陽が沈むまで、まだ時間があるので、俺はもう少し北上してから、ぐるりと地図を埋めようと思った。

さらに北へと進んだ時だった。

ずしん、という地響きがした。

すぐに木の陰に身を隠し、様子をうかがう。

音の発生源を探していると、そこには二メートルほどはあるクマがいた。

鑑定を使うと、ミツベアーという魔物だと分かった。

「……強そうな、魔物だな」

ミツベアー……。どれくらいの強さになるのだろうか。

見た目だけでも圧倒されてしまう。見た目騙し、という言葉もあるがその言葉を信じて挑めるほど、俺はチャレンジャーじゃない。

今の俺が勝てるだろうか。とりあえず、付与魔法で獲得した斬撃術を試してみようか。

ここまで来る途中に、サハギン相手に使用したが、その威力は中々だった。

特に魔物の足を狙うことで、相手の機動力を奪える程度に威力があるのだと分かった。

無理だったら、逃げるか。

魔法なども駆使すれば、逃走も難しくはないだろう。

ポイントのためだ。新しい魔物は積極的に狩っていきたい。

ミツベアーがこちらに背中を向けた瞬間——俺は剣に魔力を込めた。

木の陰から現れると同時、剣を振りぬいた。ミツベアーの右足を狙って斬撃が飛ぶ。

ミツベアーも気づいたようだ。振り返ったその瞬間、ミツベアーの足に斬撃が当たる。

「……さすがに、動けなくするほどの威力じゃないか」

血が噴き出す。ミツベアーは怒ったようで、咆哮《ほうこう》をあげた。

肌を殴りつけるほどの音が襲い掛かる。

一撃でもくらったら致命傷になりかねない。

その事実に一瞬体がすくみそうになるが、怯んではいられない。戦うと決めた以上、覚悟を決めないとな。

俺は後退しながら、斬撃を放っていく。狙うはミツベアーの右足だ。

ミツベアーはそれをものともせず、迫ってくる。

……くそ、思った以上に強いな。

実力的には向こうのほうが上か？

斬撃が思ったよりも通らないことに、俺は驚く。木々を利用し、うまく距離をあける。

五度目の斬撃を当てた瞬間、ミツベアーが膝をついた。

……よしっ！　狙い通りだ。俺がさらに距離をあけながら、さらに魔力を込めて剣を振り下ろす。

その時だった。ミツベアーが近くの木を掴んだ。ミツベアーはそれこそ雑草でももぎ取るような調子でその木を根から引き抜いた。

「おいおい、マジかよ！」

「ガァ！」

大人の胴ほどはある木だぞ⁉

ミツベアーは木を一瞥してから俺を睨みつけてきた。

その木を構え、こちらへと放り投げてきた。まるで槍でも投擲《とうてき》されたようなものだ。

真っすぐに飛んできたそれに俺は土魔法を合わせる。

ミツベアーの放り投げてきた木は土の壁にぶつかる。

防いだのは一瞬。壁は崩壊する。そもそも、防ぎきれるとは思っていなかった。

あくまで俺が回避するための時間を稼いだだけだ。横に跳ぶが、回避しきれず僅かに胴に当たった。

いってぇ……このまま痛みが治まるまでうずくまっていたいが、魔物相手にそんな暇はない。

すぐに立ち上がり俺は斬撃を放ち、走る。

……さすがに、やべぇな。

俺は痛みを抑えるようにポーションを飲みながら後退する。

「あと、少しのはずなんだけどな……っ！」

今日まで戦ってきた俺の勘が、そう告げてくれる。

逃げるかどうかももちろん検討していたが、やはりミツベアーの動きも悪くなっていた。

確実にダメージは蓄積している様子だ。

初めに比べ、こちらを追いかける速度が遅くなっているのだから間違いないだろう。

距離をあけ、斬撃を放つ。それの繰り返しを行ったことで、ミツベアーはとうとう動けなくなり、その場で膝をついた。

「逃げながら戦えるのは便利だな」

よし、あとは仕留めるだけだ。

俺は距離を保ったまま、斬撃で攻撃し続け、ミツベアーを仕留めた。

ずるいとは思わないでくれよ。ここは命を奪い取る場なんだからな。

倒れたミツベアーに近づき、その体を解体用ナイフで切り分けていく。

ミツベアーの爪とアイアン魔鉱石と組み合わせることで、蜜熊剣が作れるようだ。

まだ作るつもりはないが、とりあえず素材は確保しておこうかな。

さすがにこの場にいつまでもいるつもりはない。この辺りには恐らく、ミツベアーが生息しているからな。

今の俺では連戦は厳しい。肉を必要な分だけ確保して、撤収することにした。

ポーションを消費したので、持ってきていたチユチユ草を使い、新しく用意しておく。

これで、次の戦いの準備も大丈夫だな。地図を確認しながら、進んでいく。

そして、ガチャ画面を開き、獲得したポイントを確認する。

入ったポイントは、

「200、か。あんだけ強いのなら、それこそ300ポイント、いやもっとくれてもいいのにな」

それとも魔物から得られるポイントの上限が200なのだろうか？

だとしたら悲しいな。

無理に強い魔物と戦わないで、戦える範囲の魔物を見つけ、強化していったほうが効率は良いのかもしれない。

「……はぁ、くっそ。本当に強かったな」

最近、独り言が増えてきたと思う。

周りに誰もいない中で、話し方を忘れないためにという部分もあるが、やはり寂しいからだな。

それを少しでも誤魔化すための独り言だ。

しばらく森を移動していく。……ミツベアーはほとんど見かけなかったが、まだ二体ほどいた。

……さすがに戦うほどの気力はなかったので、息をひそめてやり過ごした。

そうしながら、ひとまず東からぐるりと北側までの地図を埋めることができた。

……ミツベアーを目撃したあたりに関しては地図にメモを残しておいた。

ミツベアーが確認できた範囲はそれほど広くはない。

もしかしたら、さらに北側の森に本来はいる魔物なのかもしれない。

だとしたら、厄介なんてものじゃないな。

ま、ミツベアーに関しては後で対策を考えるとして……今は腹を満たさないとな。

俺は持ち帰ったミツベアーの肉を早速食べるため、たき火の準備をする。

火を用意し、いつものように肉を焼いていく。ああ、もったいないくらい肉汁がこぼれている。

早く、早く食べたい……っ。

まずは塩をかけず、そのまま味わうことにした。

「なんだこれ、うますぎる！」

甘くてとろけるお肉だ！　これまでに食べた肉とはまた違ったうまみがある！

次は塩を軽くつけて食べる……ああ、これもうまい。

肉汁と塩が混ざり、感動的な味となっている。

……ミツベアーの肉は病みつきになるくらいのうまさだな。

これを安定して狩れるようになるためにも、今日のガチャには期待だな。

サハギンとポイズンビーを倒したので、今日のガチャ分のポイントはあった。

「ガチャ、か。もうすぐ4月も終わるんだよな」

……今日は4月24日。残り一週間を切った。

それまでに、ピックアップスキルはレベル3まで上げたいな。

そんなことを考えながら、俺はガチャ画面を開く。

ピックアップスキル以外ではどんなスキルが欲しいかな。

今の俺の生活でまだまったくと言っていいほどダメなのは、やはり住むところだ。

この辺りを補えるスキルが出てくれればいいんだがな。

それを狙うなら、建築系スキルだ。

つまり、銀色の玉で恐らく出ると思われる部分だ。そこで出なければ、ピックアップされるのを待つしかないだろう。

でも、建築術というスキルを聞いたことがあるので、きっと出るはずだ。

……だから、銀色が多いことをまずは祈る。

もちろん、虹色の玉も欲しいが、虹色の玉が出すぎて最高レアリティが被りばかりになるというのも嫌だからな。

とにかく神様に祈っておく。もう一生のお願いを毎度使うようなそんな気分だ。

しきりに祈ったところで、俺はガチャを回す。

宝箱が出現し、金色に輝いた。

……これなら虹色は恐らく一個だろう。と思っていたのだが、段々と金色の光が強くなっていく。

な、なんだ？　と思っていた時だった。金色から虹色に変化した。

な、なんだこれは⁉　それから、宝箱から玉が出現した。

銅色４つ、銀色３つ、金色２つ、虹色２つ……。

……今のはなんだ？　金色から虹色に昇格……したのだろうか？

昇格演出、といったところか？　でも、虹色はそんなに期待していないいんだよな。

ま、まあいい。贅沢な悩みなんだからな。

とりあえずは、銅色から確認だ。

《銅スキル》【力強化：レベル１】【耐久力強化：レベル１】【器用強化：レベル１】【魔力強化：レベル１】

……まあ、この辺りはいつもの通りだな。

レベル１００になれば１００パーセントアップするかもしれないので、大器晩成型のスキルたちだ。

今後の成長に期待しておこう。

次は銀色だな。

ここが個人的に期待の強いレアリティ……頼む！

《銀スキル》【料理術：レベル1】【槍術：レベル1】【感知術：レベル1】

槍術……は剣術の槍バージョンだろう。現状使い道はないな。

サハギンが持っていた槍を回収して、鍛冶術で使えるようにすれば、一応発動は出来るだろう。

ただ、俺自身の経験として、槍を扱ったことはほとんどないからな。それらを含めて、このまま剣を使っていたほうが良いと思った。

感知術、というのはなんだろうか？　分からない時は鑑定に聞いてみないとな。

『感知術。周囲の生体反応を感知する』

……なるほど。敵の居場所が分かるということか。

試しに発動してみる。この辺りに近づいている魔物はいないようだな。

地図化術と組み合わせてみると、魔物の位置が地図に表示された。

それで分かったが、現在の俺の感知術ではあまり範囲は広くないようだ。

過信しすぎてはいけないな。

ただ、便利なスキルであることに変わりはない。今後は魔物の探索をするときに時間的節約ができるかもしれない。

スキルの確認をしたところで、次の金色の玉へと移る。

金色の玉のスキルは2つ。

昨日みたいに新しい魔法が手に入ってくれれば嬉しいが……。

《金スキル》【風魔法：レベル1】【光魔法：レベル1】

おお、光魔法は初めてだな。

悪くないスキルだ。これまでは明かりを確保するには火魔法しか手段がなかったが、これからは光魔法で安全に確保できる。

……火魔法だと、森に燃え移る危険とかあるからな。

万が一火事になんてなったら、誰も止めることはできないだろう。

そして最後は虹色だ。

二つの虹色の玉からスキルが出てきた。

《虹スキル》【栽培：レベル1】【薬師：レベル1】

ほっ。鑑定じゃなくて助かった。それとも、もう鑑定は出ないのだろうか？

それなら嬉しいんだがな。

そんなことを思いながら、俺は自分のスキルを強化していく。

まずは今日一日の成果だな。

基本ステータスを確かめる。

『クレスト　力77（+3）　耐久力68（+1）　器用60（+1）　俊敏77（+2）　魔力82（+2）』

基本ステータスは、ミツベアーとの戦いもあったからか思っていたよりも上がっていた。特に魔力は、斬撃術でも使用するからか随分と上がった。

あとは、耐久力だな。これまではほとんど攻撃を受けなかったが、ミツベアーの重い一撃をくらってしまった。

耐久力が上がれば、今後の戦いで死ぬような攻撃を受けても死なずに済むのかもしれないが……。

これが高くなればなるほど、頑丈ではあるがそれだけ攻撃を食らったという証でもある。

……まあ、死なない範囲で強化していきたいな。

次にスキルを確認していく。

《銅スキル》【力強化：レベル4（1／4）】【耐久力強化：レベル2（1／2）】【器用強化：レベル2（1／2）】【俊敏強化：レベル3】【魔力強化：レベル3】

《銀スキル》【剣術：レベル3】【短剣術：レベル2】【採掘術：レベル1】【釣り術：レベル2】【開墾術：レベル1】【格闘術：レベル1】【料理術：レベル2】【鍛冶術：レベル1】【仕立て術：レベル1】【飼育術：レベル1】【採取術：レベル1】】【地図化術：レベル1】【槍術：レベル1】【感知術：レベル1】

《金スキル》【土魔法：レベル3】【火魔法：レベル2】【水魔法：レベル2】【風魔法：レベル2（1／2）】【付与魔法：レベル1】【光魔法：レベル1】

《虹スキル》【鑑定：レベル3（MAX）】【栽培：レベル2（1／2）】【薬師：レベル3（MAX）】

今回のガチャによって、魔力強化、料理術、薬師が新しくレベルアップした。

基本ステータスは多少上がったが、まあまだ微々たるものだ。

一番嬉しかったのは料理術だな。この下界での楽しみの一つがこの食事だからな。

今は、とにかくうまい素材を見つけ、それを食べることが生きがいだった。

だから、料理術のレベルアップは非常に嬉しい。

次に嬉しかったのは、薬師だな。

薬師のレベルもとうとうマックスになった。このことから、恐らく虹色の玉から出るスキルに関してはレベル３がマックスということでほぼ確定でいいだろう。

……あと、栽培が一つだな。もしも、優しいガチャなら次のガチャで揃うことになるかもしれない。

ただ、現状発見できている魔物はミツベアーだけだからな。他の魔物を探さないと。

俺は早速、光魔法を使用する。

片手に小さな光が浮かんだ。思っていたよりも明るくない。

まだレベル１だからだろうな。他の魔法だって、最初は使いにくかったからな。

ただ、俺の小さな部屋に光を用意できるようになった。

さすがに密室に近いここで火を使うわけにはいかなかったからな。

ごろんと横になり、土魔法で入り口のほとんどを隠してから考える。

明日はどうしようかな……。

今度は西側の探索をしようか？　それか、ミツベアー狩りでも行うか？

色々考えながら、眠りについた。

〇

翌日、西側の探索に行ったが、発見できた魔物はウルフとゴブリンくらいだった。

ポイントを稼げる魔物は、いないな。

新しく作った拠点は色々な場所への移動に適しているが、変えることも考えたほうがいいのかもしれない。

ただ、この拠点には畑があり、周囲には色々な魔物がいて色々な肉を楽しむことができる。

少し歩けば、塩だって手に入れられる。正直言って、最高だ。

この拠点を手放すのは、とりあえずもう少し先にしよう。

ひとまず俺はここに残るつもりだったが、ガチャを回したい。

良いスキルとか関係なく、あのガチャを回している時の感覚が好きなのだ。

俺の楽しみは食事とガチャくらいしかない。

ガチャをしない生活などありえない。

現状、ポイントを稼ぐにはミツベアーを討伐するしかない。

やる、か。

危険な相手であるが、勝てないわけじゃない。

……よし！

ミツベアーを倒しにいくとしよう。

早速ミツベアーを発見した俺は、昨日同様遠距離からの斬撃で削っていく。

確実に弱らせたところで、近接での戦闘へと持ち込む。その繰り返しだ。

慎重に確実に……それを意識し、ミツベアーを狩り続けていく。

感知術が有能だった。

ミツベアーの位置をおおよそ把握できた。……二対一、という状況を絶対に防ぐことができたので良かった。

万が一、二体以上に襲われたら、まず俺は死んでいただろうからな……。

五体過ぎたあたりで、ミツベアー相手に接近されても問題なく対応できるようになった。

10体過ぎたあたりで、斬撃に頼る必要がなくなってきた。ここから、本当に狩りが安定しだした。

15体を過ぎたところでミツベアーに苦戦することがなくなった。ミツベアーとの戦闘によって、ステータスが大きく向上。

流れ作業のようにミツベアーを狩り続けていった。

○

4月28日、夜。

ようやく、5000ポイントまで貯めた。

初めこそだいぶ苦戦したが、それでも今なら正面からやりあえるくらいにステータスも成長した。

ミツベアーと戦い続けるという選択をして分かったことがある。

強敵との戦いは、ポイント的な観点での効率自体は悪いかもしれないが……基本ステータスを上げるという部分では非常に効率が良かった。

特にミツベアー15体程度までの戦いでは、ギリギリの戦いが多かった。

ポーションだって結構消費していたからな。

まあそのおかげで、ステータスはかなり上がった。分かったことは、ある程度苦戦することでステータスが上がりやすくなるということか。

それらは、まあガチャの後にでも確認しようか。

俺はガチャ画面を開きながら、少し迷っていた。

実は、回すかどうか迷っている。

というのも、もうすぐ4月が終わる。

ずっと考えていた一つの疑問がある。

4月が終わった後、『ガチャ』はどうなるのかだ。

まず、新しいガチャがあるのか。

今回のガチャタイトルを改めて確認しよう。

『四月開催記念ガチャ！　これでキミも薬師デビュー⁉　三点ピックアップガチャ開催！』というのだ。

いや、ほんと、鑑定の儀のあとはこのタイトルが煽りにしか見えなくて神を本気で恨んでいたものだ。

この四月開催記念ガチャという部分だ。

……五月のガチャはどうなるのか、だ。

ガチャがあるというのなら、ポイントを貯めておいたほうがいいかもしれない。

五月のガチャはもっといいスキルがピックアップされている可能性もあるからな。

今後の展開が読めない。

ガチャを回すかどうか迷っているもう一つの理由はピックアップについてだ。

次は三分の二でスキルが被ってしまうだろう。

被りがあるのか？　まずそこが疑問の一つ目だ。ないなら、あと一回は絶対ガチャを回そうと思っているが……。

しばらく、それについて考えていた。

かれこれ一時間近くは悩んでいただろう。

現状、この周辺で新しい魔物がいないのも理由の一つだ。ミツベアーがいた北から先に行けば、また別の魔物もいるかもしれないが……。

うーん、どうしよう。

５０００ポイント貯めるのは決して簡単なことじゃない。

銀、金でどんなスキルが手に入るのか分かれば、この悩みも減るんだよな。

今俺が欲しいのは、家を造れるようなスキルだ。

だから、それらのスキルが入っているのなら、絶対に回す。

ただ、逆に……例えば、そういったスキルは虹枠になっている可能性だってあるだろう。

今後に備えて、ポイントは残しておいたほうがいい。

この下界はとても広い。だが、魔物が無限にいるわけではない。

どこかで、ガチャが回せなくなる時が来るだろう。今だってわりと、ポイント稼ぐのが大変になっているんだからな。

そうして俺は色々と考えた結果……。

ガチャを回すことに決めた。

だって回してスキルをコンプリート出来たら嬉しいし。

色々悩んではいたが、ここまで来たら虹色スキルはＭＡＸまで強化したかった。

俺はガチャ画面を開き、十一回ガチャをタッチした。

まずは、金色の宝箱だ。

よし、昇格は来なかった。

持っていないスキルが出ることを期待している。

銅色が四つ、銀色が三つ、金色が三つ、虹色が一つ、か。まあ平均的なガチャだな。

今は虹色一つが個人的に一番嬉しいかもしれない。

……まずは銅色からだな。

《銅スキル》【耐久力強化：レベル１】【器用強化：レベル１×２】【魔力強化：レベル１】

ま、銅色は別になんでもいいんだ。

次からが大事になってくる。

次は……銀色だ。良いスキル来てくれ！

《銀スキル》【槍術：レベル1】【開墾術：レベル1】【建築術：レベル1】

槍術は必要ない！　開墾術は……まあ、いいかな。

それより、俺は一番最後のスキルに狂喜乱舞した。

ついに来たぞ‼　建築術だ！

これで家とか造れるようになるかもしれない！

建築術を鑑定する。

『建築術。家、家具などの製作を行うことができる』

や、やった！　これで俺の暮らしも大きく変わるだろう！　ガチャを回して大正解だったな。

喜んでいたが、まだガチャは残っている。

金色は3つか。

この調子でいいものが出てくれればいいんだが！

《金スキル》【火魔法：レベル1】【水魔法：レベル1】【光魔法：レベル1】

ま、まあこんなものだよな。

新しいスキルに期待していたが、この辺りは仕方ない。

……次のガチャが、結構大事だ。

最後の虹色……。果たして、レベルMAXのスキルが被ることはあるのかどうか。

それが確認できるかもしれない。

もちろん俺としては被ってなんてほしくない。だって、無駄になるからな……。

そして最後の虹色を確認した。

《虹スキル》【薬師：レベル1】

うぇ、被るのかよ。

建築術で滅茶苦茶喜んでいた俺だったが、それでもこの結果でかなり落ち込んでしまった。

実質、ガチャ一回分損したようなものなんだからな。

閑話 「エリス4」

そんな父の思惑に気づいたのはわたくしだけではなかった。

すっと、一歩前に出たのはミシシリアン家の当主だ。

彼はどこか険しい様子で、私たちを見て来た。

「王、我々も……クレスト捜索に力を貸しましょう」

「おお！　ミシシリアン家もか！」

「ええ。これは王国の危機です。すべての家が、団結すべき事態です」

「それは頼もしい！」

「ええ、そして、我が家はクレストの捜索に『勇者』ミヌを使いましょう！」

ミシシリアン家当主の言葉に、さすがにこの場にいた者たちがぎょっとした目を向ける。

それもそうね。

王様が慌てた様子で両手を向ける。ちょっと待って、といった形だ。

「ま、待て！　それでは一体誰がこの国を守るというのだ⁉」

「確かに、そうですね。ですが、今のまま手をこまねいていては、クレストを見つけ出すことも不可能でしょう。何より、下界は危険です。中途半端な力を持った者では、満足に捜索することもできないでしょう」

ミシシリアン家当主の言葉に、王様はううむと唸る。

「……なるほど、一理あるな」

下界は危険なところだというのは、確かに聞いたことがある。

下手すれば、すでにクレストが死んでしまっている可能性だってある。

「ですから、勇者であるミヌを捜索にあてます。何より、今すぐにこの国が魔物の危機に襲われるとも限りません。ですが、下界に一人でいるクレストは一刻を争うはずです。……どちらを優先するべきかは、明白でしょう」

確かに、理にはかなっている。

クレストをすぐに見つけられれば、一時的に上界が危険にさらされても最終的には問題がなくなる。

そもそも、今は別に上界ではそこまで大きな問題は発生していないしね。

ミヌがすっと一歩前に出る。

「私に任せてください、王様」

それから王様に頭を下げた。

その美貌に一瞬王様がだらしなく顔を緩めたあと、にこっと能天気な様子で笑った。

「よし、任せよう！　勇者ミヌよ！　おまえに、クレストの捜索を頼む！」

「はい、必ず見つけます」

すっと、ミヌがもう一度一礼をしてから離れた。

それから、こちらをちらと見て、どこか勝ち誇ったような笑みを浮かべてくる。

……気に食わない。

わたくしは、一歩前に出た。

「王様、わたくしにも捜索を任せてはいただけませんでしょうか？」

「……なに？」

「わたくしも聖女の力をもらってから、非常に強力な肉体となりました。何より、わたくしはクレストの元婚約者です。彼に会い、説得するのに、わたくし以上に適任はいないでしょう」

「ふむ、確かにそうであるな。早く見つけないと、下界は地獄のような場所だしなぁ。二人に捜索をお願いしたほうが良いのかもしれないなぁ、ううむ、どうするべきか……」

王様が腕を組み、考えるようなしぐさを見せる。

その時だった。ミヌがすっと片手をあげた。

「王、それは得策ではありません」

「何？　どういうことだ？」

「クレストは普段から話していました。エリスの暴力行為等に精神的に追い詰められている、と」

ミヌめ……余計なことを。

わたくしが、横目でミヌを睨むと、王様が首を傾げた。

「どういうことだ、エリスよ」

下手に否定すれば、より印象は悪くなってしまいますわね。

でしたら、ここは一度認め、うまく誤魔化しましょうか。

「……わたくしが、多少クレストに強く当たっていたのは事実です。ですが、それはわたくしという婚約者がいながら、そこのミヌがクレストに色目を使っていたからです」

わたくしの返しに、ぴくりとミヌの眉があがった。

……わたくしとミヌは睨み合う。

わたくしにとって、ミヌは最悪のライバルだ。

容姿的にはもちろん、クレストを奪い合う敵として。

「ふ、ふむ……なるほどな。ミヌよ、それは事実か？」

王様はわたくしの言葉を信じてくれた。ミヌはしかし、すぐにそれを否定するように首を横に振る。

「事実ではありません。私は、あくまでクレストとは友人として接していました。それに、仮にそう見えたとしても、エリスが私に何か言うならともかく、クレストに当たるのは八つ当たりではないですか？」

「わたくしはあなたにも言いましたよ？　クレストに近づくな、と。ですが、それを聞き入れてもらえなかった。ですから、クレストに話をしたまでです」

「私はそんなことは言われていません」

「言いました」

「言われていません」

こ、このアマ！

わたくしがミヌを睨むと、ミヌも睨み返してくる。

ここは王の御前だというのに、なんという態度だ。

わたくしたちが睨み合っていると、王がぱちんと手を叩いた。

「もうよい！　今はとにかく、クレストを国に連れ戻すことが先決だ！　どちらでもよいから、さっさとクレストを国まで連れ戻してくるんだ！　良いな？」

……王はつまり、早いもの勝ちと言っているのだろう。

わたくしは父をちらと見る。

父としても、国にわたくしかミヌのどちらかを残したいようだったが、ミヌに先をこされた場合のリスクも計算しているようだ。

だから、止められることはなかった。

そこでの話し合いは終わった。

ハバースト家だけは終始顔が青ざめていた。

……ハバースト家がこれからどうするつもりかは分からないけど、もうわたくしには関係ありませんわね。

わたくしは、その場を離れた。

用意された部屋に向かおうとしたところで、ミヌがやってきた。

その表情は険しい。

わたくしの肩を掴んだ彼女が、じっとこちらを睨みつけてきた。

「エリス……あなた、クレストに会ってどうするつもり？」

「戻ってきてもらうように説得しますの」

「あなたが？」

ミヌがはっと笑う。その嘲笑《ちょうしょう》したような汚い笑みに、わたくしが眉根を寄せた。ミヌは、特にクレストへの執着が強い。だからこそ、わたくしが邪魔なのでしょう。

「何が言いたいんですの？」

「あなたの歪んだ想いに、クレストが応えてくれると思っているの？」

「そんなこと、やってみないと分かりませんわよ」

「分かる。クレストはもうあなたを拒絶した、そうでしょ？」

わたくしは真実をつかれ、言葉をのみこむ。

「あなたみたいなぼっちの根暗に何が分かりますの？」

だからこそ、子どもっぽい喧嘩口調で返す。

ミヌがクレスト以外に友達がいないのを知っていたからこその、言葉。それに対して、ミヌが眉根を寄せた。

「あなたみたいに誰に彼にも股を開くような節操なしじゃないだけ」

「言い方が大変汚いですわね。それで本当に公爵家のお嬢様なのかしら？」

「それはこっちも言いたい。私はまだ生まれが悪いけど、あなたはまさに公爵家の正当な血が流れているはず。ああ、その正当な血が、そもそも汚れているんだ」

ミヌとわたくしは睨み合う。

「わたくしは、クレストに会って戻ってきてもらうように話しますわ」

「あっそ、やっぱりクレストのこと、何も分かっていない」

「どういうことですの？」

「クレストが昔から欲しかったものは自由」

「ええ、知っていますわよ。だからこそ、公爵家の立場を用意しましたのよ」

「そんなもの、クレストは喜ばない。別にクレストは公爵になりたいわけでも、もちろんあなたの婚約者になりたいわけでもなかった。……じゃあね、エリス」

ミヌはそう言い残して、去っていった。

どこか勝ち誇った彼女の表情に、わたくしは腹立たしい思いを抱えていた。

……まさか、ミヌは――。

わたくしの中でよぎった一つの考え。

クレストが万が一、下界での生活を望んだとき――ミヌはそれに同行しようとしているのではないだろうか？

第7話 「コンプリート」

とりあえず、細かいスキル検証をするのはあとだ。

今回手に入れた建築術がどれほどのものなのかは分からないが、これで衣食住が最低限揃えられることになった。

あとは、今後スキルレベルが上がればさらに質も向上してくるだろう。

ひとまず、スキルのレベル上げを行い、ステータスの確認をしようか。

ミツベアーとの戦いもあり、前回ガチャを回した時よりもすべてのステータスが高くなっているな。

おかげで、段々と銅色の基本ステータス強化系スキルの恩恵もあがってきたな。

『クレスト　力112（＋4）　耐久力100（＋3）　器用91（＋2）　俊敏110（＋3）

魔力135（＋4）』

魔力の伸びが著しい。

魔力に関しては斬撃術、土魔法、火魔法、水魔法……と生活の基本としてたくさん使うからだろうな。

耐久力も以前に比べて随分と上がった。
まあ、それだけミツベアーに苦戦したというわけでもある。
ただ、ミツベアーとの戦いは決して悪いことではない。
ミツベアーがいた地域よりさらに北へと踏み込めるようになったわけでもあるからな。
……どうやら、ミツベアーの本来の生息地はそちらのほうらしいしな。
次にスキルを確認する。

《銅スキル》【力強化：レベル4（1／4）】【耐久力強化：レベル3】【器用強化：レベル3（1／3）】【俊敏強化：レベル3】【魔力強化：レベル3（1／3）】
《銀スキル》【剣術：レベル3】【短剣術：レベル2】【採掘術：レベル1】【釣り術：レベル2】【開墾術：レベル2】【格闘術：レベル1】【料理術：レベル2】【鍛冶術：レベル1】【仕立て術：レベル1】【飼育術：レベル1】【地図化術：レベル1】【採取術：レベル1】【槍術：レベル2】【感知術：レベル1】【建築術：レベル1】
《金スキル》【土魔法：レベル3】【火魔法：レベル2（1／2）】【水魔法：レベル2（1／2）】【風魔法：レベル2（1／2）】【付与魔法：レベル1】【光魔法：レベル2】

《虹スキル》【鑑定：レベル3（MAX）】【栽培：レベル2（1／2）】【薬師：レベル3（MAX）】

《余りスキル》【薬師：レベル1】

虹色レアリティのスキルが二つ、最大まで上がったのは嬉しいことなのだが、次のスキルにため息をついてしまう。

この余りスキルが問題だな。

……別のスキルのレベルアップに使えるわけでもないようだし、このスキルを今後どうすればいいのか、だな。

何か使い道が見つかってくれればいいんだけど、現状色々と見てみたが使えそうなものはない。

これは、今後のスキルでどうにか出来ないか気長に待つしかないだろう。

ひとまず、スキルはこんなところか。

レベルアップした光魔法を確認してみる。以前よりも明るい。

これを用いれば、街灯のようなものも作れるようになるかもしれない。

夜に狩りをするつもりは今のところはないが、いつか必要になってしまうこともあるかもしれない。

俺が住みやすい森に造りかえていかないとだな。

光魔法を消して、俺はいつもの寝床で横になる。

明日にはこの寝床とはお別れになるかもしれないな。

建築術でしっかりとした家を造れれば、野宿は終わりだ。

そう思うと、少しばかり寂しさは……特には感じなかった。

○

次の日。

「今日もいい天気だな」

目を細めたくなるほどの、晴天が俺を出迎えてくれた。

この森に来てから、今のところ雨が降っていないのが救いだ。

雨が降れば、あまり水はけのよくなさそうなこの森だと数日は狩りに苦戦していたかもしれない。

庭に出て、畑の様子を確認して水やりを行う。

畑は開墾術を使って耕すと何度でも土が利用できる。

俺もそれほど農業に詳しくはないが、確か土というのは疲弊《ひへい》してしまう。

同じ場所で何度も食物を栽培すると、どんどん悪い土になり、出来の悪いものが出来てしまうと。

実際、一度収穫した土を鑑定で見てみると、栽培不可となってしまう。

だが、開墾術で土を耕すと、再度栽培が可能になる。

もしかしたら、糞尿などと一緒に耕しているのも少なからず影響しているかもしれない。

とにかく、今日の畑を確認し、収穫できるようになっていたオレンジイの実をとる。

朝一番に果物を頂くのが、日課になっていた。

「今日もうまいな、これは」

オレンジイの実といえば、すっぱいのも楽しみの一つだったが、やはり甘ければそれだけうまい。


早く野菜とかも栽培していきたいな。

現状、葉物はチユチユ草のサラダで誤魔化しているからな。

今日のメインはこの畑弄りではない。

俺がやりたかったことは建築術だ。

建築術を発動すると、眼前にずらりと設計図が表示された。

……お、おお。

作れるものはレベル1だから、それほど大きなものは無理なようだ。

ただ、作れる種類はかなりあるようだ。

俺は家を造りたい。今のレベルで造れるものは、小さな小屋程度が限界のようだな。

とりあえず、この家を造るためには、木材がそれなりに必要なようだ。

ていうか、木材集めるだけでできるのか？

家を造るには土台とか色々大事なものがあると思うのだが。

今見たスキルの感じだと、まるでテントでも設営するかのような感じで造れてしまいそうだった。

まあ、神様が用意してくれたスキルなのだ。うだうだ言っても仕方ない。

神様を信じるしかないだろう。

俺は早速、木を集めることにした。

まずは採取術を試してみる。スキルを発動しながら、伐採を行っていく。

たぶん、採取術は発動してない。

そうやって少しでも伐採を楽に、あるいは効率良く行えないかスキルを試していく。

すると、開墾術を発動したときだった。

多少作業が楽になったのだ。

ああ、木も開墾する上だと邪魔な存在だからだろうか？

そうやって周囲の木を切り、集めていく。

木も栽培に関係しているようだ。根を残した木を鑑定で調べると10日程度でそれなりのサイズまで成長できるのが分かった。

本来の木の成長を考えると、凄まじい速度であるのは良く分かる。

ひとまず、このスキルを活用していけば、木材が足りなくなるという心配はなさそうだな。

木を必要なだけ用意した後、俺は建築術を発動する。

建築術を発動すると、どの地点に家を建てるかが表示される。

眼前におおよそのサイズが見えたので、畑や……一応今拠点にしている大木の根に邪魔にならないようにした。

そうして、場所を指定した次の瞬間だった。

「マジか」

どん、と木の小さな家が建った。

唖然としてしまうほどあっさりと家が建った。

扉や、木の窓もしっかりとある。

……砂を集めれば、ガラスも作れると建築術に表示されている。

いやいや。いやいやっ！

「土台とかどうなってんだ⁉」

気になった俺は、その木の家に何度かタックルしてみる。

まったく、びくともしない。

土の上にどんと、木の家を置いただけにしか思えないが、かなりしっかりとした基礎の家みたいに頑丈だった。

風魔法を強く放ってもびくともしない。家の中に入ってから、水魔法を雨のように落としてみたが、雨漏り一つしない。

木の窓を開けて、外を見る。何もかも完璧だ。

……いや、マジかよ。

こんなあっさりと家が建つなんておかしいだろ。

このスキル便利すぎんだろ。

それから、建築術を確認し、家の中に家具を設置していく。

「家っぽくなってきたな」

と言ってもそれほど大きな部屋ではないので、タンス、テーブル、椅子、ベッドだけにとどめた。

俺の家は二時間ほどで出来上がってしまった。

すべて自分で集めたものだ。僅かに感動しながら、俺は何も敷かれていないベッドで横になった。

「さすがに、何か敷かないと硬いな」

ようやくベッドで寝られると思ったが、ベッドに敷くための布団などは作れない。

素材がないからだ。まあ、雨風しのげるのだけでも全然違うんだが。

とりあえず俺はそこで僅かに満足していたが、まだだ。

4月中にもう何度かガチャを回したい。

あるいは、次のガチャを期待してポイントを残したい。

どちらにしろ、魔物を倒してポイントを稼ぐ必要がある。

俺はその家から出て、魔物を探すため地図を広げた。

今日はミツベアーがいた場所から先の地域を見て回ろう。

もしかしたら、新しい魔物がいるかもしれないからな。

ミツベアーがいる地域に着いた俺は、そこで感知術を発動する。

……向こうにミツベアーがいるようだが、無理に狩る必要はもうない。

慣れて来たとはいえ、最初の印象があるので出来れば相手にしたくはなかった。

そんなことを考えながら、さらに北へと進んでいく。

時々、感知術を用いて周囲の魔物を確認していく。

感知術で見つけられた魔物たちを見に行くが、ミツベアーばかりだ。恐ろしいエリアだなここは。

もう少し南だと、ミツベアー、ポイズンビーばかりなのだが、この辺りはほとんどがミツベアーだ。

もう少し進んだら何か別の魔物が出るだろうか？

そんなことを思いながら、俺はさらに進んでいく――――と。

モコモコの獣が現れた。

鑑定で見てみる。

ファングシープ、という羊種の魔物か。

滅茶苦茶鋭い牙で、何かの肉を食らっている。……こいつら、肉食か。

目つきも非常に悪い。結構強そうな魔物だな。

ファングシープは群れで行動するのか、この場に三体いた。

確か羊の毛って服や布団の材料になったよな？

そう思った俺は仕立て術で調べる。

おお、ファングシープの羊毛を使って布団が作れるようだ。

「ベッドが完成できるな」

ここでこいつらを狩ろう。ポイントも稼げるしな。

そう思い、剣を構える。

剣に魔力を込めた瞬間だった。ファングシープがこちらを向いた。

魔力への反応が速い⁉

驚きながらも、すぐに俺はファングシープへと斬撃を放った。

と、ファングシープはその羊毛を使って俺の斬撃を防いだ。

どうなっていやがる⁉

驚いている暇はなかった。ファングシープがこちらへと突進してきた。

数は三体だ。

……まずい！

一体だけを狙って手を出すべきだったか。俺はすぐに剣を構え、ファングシープの突進をかわした。

ファングシープたちはブレーキをかけ、こちらへと向き直る。

もう一度斬撃を放つが、ファングシープはその場で再び斬撃を受けた。

……マジか。斬撃が効かない？　武器が弱いのか、スキルレベルが低いのか。

まずいまずい！　思っていたよりも強いぞ、こいつら。

俺はファングシープが食べていた死体を見て、ふと気づいた。

見覚えのある爪じゃないか、と。

そこで俺は、まだある程度残っていた肉を鑑定する。

『ミツベアーの肉』

ま、マジかよ。ファングシープたちの餌はミツベアーなのか！

三体がこちらへと迫ってくるのを、俺は横にかわした。

……ただ、攻撃は見切れる。動きも単調だ。

それでも、ファングシープがミツベアーを餌にしているのはやはりこの数による暴力なのではないだろうか。

……それに、あの羊毛が攻撃を弾くのもあるかもしれない。

とにかく、あの羊毛に攻撃が防がれることは分かった。

ならば、羊毛のない顔を狙うしかないだろう。

突進してきたファングシープをぎりぎりまでひきつけ、一体の顔に剣を突き刺し、横に転がる。

俺が剣を突き刺した一体は、悲鳴をあげながら大地を転がっている。

すぐに近づいて、その体から剣を抜く。
とどめを刺すように剣を振り下ろして、一体を仕留めた。
……やはり、一体で見ればミツベアーより僅かに弱いといったところか。
ファングシープが突進してきて、俺は一体に斬撃を放つ。
一体は足を止め、俺の一撃を羊毛ではじいた。
……やはり、そうか。
俺の攻撃を受けるためにファングシープは踏ん張る必要があるようだな。
何度か攻撃して分かったが、ファングシープの足元の土に強い跡が残っている。
これで、突進してきたのは一体だ。そうなれば、怖くはない。
先ほどと同じように顔を突き刺し、よろめいたところで仕留める。
残るは一体。
ファングシープが激昂した様子で突撃してきたが、一体になれば怖くはなかった。
突進に合わせ、剣を突き立てる。
動かなくなったファングシープを確認し、俺は息を吐いた。
感知術を使う。近くに魔物はいないようだ。
「最初はどうなるかと思ったが、なんとかなったな」
ファングシープの素材を回収しようと考えたが、さすがにこの量を運ぶのは難しいな。
ここで布団を作ってしまったほうが楽だが、できるのだろうか？

ひとまず、ファングシープの羊毛を集める。

それから、仕立て術を発動する。

仕立て術では、布団などが作れるからな。

スキルを発動すると、羊毛が消えどこに設置するのかどうかを指定される。

ああ、なるほど。

眼前に常にその文字が出ていてとても邪魔だが、これで持ち運びができるな。

ただし、今は布団のうち、敷き布団のみを作成した。かけ布団も作りたいが、一度敷き布団の設置まで行わないと再度スキルは使用できないようだ。

かけ布団分のファングシープの羊毛も必要になるな……。

とりあえず、一度拠点に戻ろうか。

ファングシープの羊毛と肉を、持てるだけ持って俺は拠点へと戻った。

○

ファングシープを倒して獲得したポイントは一体あたり200のようだ。

ミツベアーと同じくらいだと思ったから、まあ仕方ない。

それでも、とりあえずファングシープを25体倒せば、十一回ガチャを回せることは分かった。

あとはどうするかだな。

感知術が使えないため、途中ミツベアーと何度か遭遇してしまい、仕方なく戦闘を行う。

とはいえ、もうミツベアーは苦戦する相手ではないのだが、普段よりは戦いにくかった。

仕立て術を発動しているせいで、眼前に邪魔な表示がいくつも出ていたからな。

それでも、問題なく仕留めることができた。

俺は拠点へと戻ってきて、家に入った。

そこにまずは敷き布団を、そして持ち帰ったファングシープの羊毛でかけ布団を追加で作製し、ベッドに敷いた。そして俺は、その上に乗った。

「ふかふかだなこれ！」

おおっ、完璧だ。あとは、枕でも作れればいいが、枕ならタオルなどでも代用できるだろう。

タオルならファングシープの羊毛から作れるようだ。こちらも仕立て術のようだ。

もう上界で生活するのとそう変わらない水準になってきたな。さすがに、上界の貴族のようにはまだまだいかないが、平民の暮らしならば十分に送ることができそうだ。

とにかく、これで生活が劇的に改善されるな。

俺は再びファングシープがいる地域へと戻る。

ファングシープを狩り、肉を回収しながら、さらに北へと進む。

そのあたりまで行くと、グレープンの実を見つけられた。

紫色のその木の実は甘いことで有名だ。上界にあるものは小さなものだったが、下界にあるものは拳ほどのサイズだ。

それがいくつもくっついて一つのグレープンの実となっている。

俺は一つつかみ、一口かじる。うまい。

とりあえず、種だけ回収してポケットにしまった。

さらに歩いていると、メニンジンと呼ばれる野菜を見つけた。

赤、いやオレンジに近いか？　人間の腕ほどはあるその野菜は地面に半分ほど埋まっていた。

上の部分だけが少し見えていたので、それを引っこ抜いておいた。

メニンジンもちょうど種もあったので、それらを回収する。

この辺りは素材の宝庫だな。

さらに歩くと、ジャガンモを見つけた。ジャガンモ自体は土の中に埋まっている。

地上に見えたのは、雑草のように伸びた葉だけだ。……鑑定を使っていなければ、ただの雑草だと見逃していただろう。

それも土から掘り起こし、回収しておいた。

周囲を見ると花が咲いているもの、すでに実になっているものと様々だった。

ジャガンモも種を探してみると、すぐに見つけることができた。

鑑定がないと、どれも簡単には回収できなかったかもしれない。

それにしてもメニンジン、ジャガンモのどちらも同じように成長しているわけではないようだ。

本来こういった植物などは温度など細かく調整しないと育たないはずだ。

上界でも、旬の野菜とか色々あるんだしな。

この下界では……そういったものはないのだろうか？　この特殊な魔力が満ちた環境が、そういった作物に異常を与えているのかもしれない。

とりあえず、すべて種だけは回収できた。さらに北へと進んでいると、新しい魔物を見つけた。

ヘビーコケッコ、鶏種の魔物だ。

俺の胴ほどまである体。ぷくっと大きく膨らんでおり、中々食べ応えがありそうだ。

数は一体だ。ファングシープのように群れで行動していないだけで少し安心する。

それから俺は剣を構え、ヘビーコケッコへと斬撃を放った。

ヘビーコケッコに斬撃は当たる。ただし、威力はそこまで強くない。

この辺りの魔物になると、斬撃が通りにくいようだ。

ヘビーコケッコがこちらに気づくと、その羽を振りぬいた。

すると、羽が襲い掛かってくる。かわすと、ずがずがっと地面に突き刺さった。

マジか。

まるで矢のように鋭い。あれを食らうわけにはいかない。

足を止めると、ヘビーコケッコが翼を振ってくるので、走りながら接近する。

剣を振りぬくと、ヘビーコケッコが翼で受けた。

硬いっ⁉

剣が弾かれる。正面から破るのは難しいな。

ヘビーコケッコへと何度か剣を叩きつけ、その側面へと回っていく。

ヘビーコケッコ自体はあまり動きが速くない。足で翻弄すれば、隙を見つけることは難しくない。そして、硬いのはどうやら正面側らしい。背後はそれほどではなかった。

ヘビーコケッコの背後をとり、剣を叩きつける。

深く剣を突き立て、肉を引き裂いた。羽をもぎとるように、剣をねじ込む。

「ぎゅわ!?」

ヘビーコケッコの悲鳴を確認する。動きが悪くなった。

俺はさらに側面へと回って、剣を叩きつけていく。

ヘビーコケッコが倒れたのを確認して、とどめを刺した。ポイントは200、か。

ふう、最初は驚かされたがこれも勝てない魔物じゃないな。

ミツベアーが、明らかにこの辺りの魔物だと一つ抜けていたようだな。

今後も、そうやって明らかに一つ抜けた魔物が出てくるかもしれない。

油断だけはしないようにしよう。

ヘビーコケッコの肉を回収したところで、俺は牛牙剣の耐久値が減り始めていることに気づいた。

そろそろ、新しい剣も視野に入れたほうがいいだろう。

数日の探索の間にアイアン魔鉱石もいくつか回収している。

この辺りで一度武器を整えよう。

減っていた牛牙剣の耐久値を回復しておいた。他にも解体用のナイフも確認しておいた。

鍛冶術があれば、工房がなくても作れるのは本当に便利だよな。工房を用いて作れば、もっと質の良い剣が出来るのかもしれないが、俺に鍛冶をする技能はないからな。

とりあえず、今日一日はここでヘビーコケッコとファングシープを狩ろうかな。

俺は一度地図を確認する。

さらに北へと進んでもよかったが、太陽も段々と沈み始めている。

正確な時間は分からないが15時ほどではないだろうかと思う。

ここからさらに進んでしまうと、戻れなくなる可能性がある。

小腹が空いた俺は、ヘビーコケッコと途中で狩っていたファングシープの肉を食べることにした。

火をおこし、完璧な焼き加減で肉を焼く。

塩はないが、味はどうだろうか。近くの木で作ったフォークと皿を使い、まずはファングシープの肉を口に運ぶ。

ああ、うまい！　羊の肉は上界でも食べたことがあるが、この肉はそれらとは比べ物にならない！　頬がとろけ落ちるな！

次はヘビーコケッコだ。鶏の肉は良く焼いたほうがいいと聞いていたので、いつも以上に念入りにだ。

口に運ぶ。ああ、うまいなぁ。焼き鳥のようにして食べたが、塩が本当に欲しくなる。

どっちの肉も今日の夕食にしよう。

ここでポイントを稼いでから、今日は家に帰る。

そう決めた。

○

4月30日、夜。

俺は自室のベッドにて、考えていた。

今現在、俺が保有しているポイントは15000だ。

ヘビーコケッコとファングシープを狩っている途中でさらにスモールトレントという魔物も見つけた。この魔物で5000ポイント稼いだので、合計15000ポイントとなる。

ガチャ三十三回分。

確認できている魔物をポイント上限まで仕留めた結果だ。

おかげでステータスも上がったが、今はそれよりこのポイントを使ってガチャを回すかどうか。

そこが大きな悩みだった。

明日の更新で新しいガチャが来てくれるのならば、そちらに回したいとも思っている。

栽培スキルをレベルマックスまで上げたいという気持ちもあったが、とはいえ、それは中々の確率になるからな。

以前みたいに、スキルが被ることもあるだろう。

そう考えると、このポイントは残しておいてもいいような気もするのだが、やはり回したい。

この一ヵ月で俺はかなりのスキルを獲得した。

本来、神から与えられるスキルは一つか二つ、よくて三つ程度だ。

俺が今所持しているスキルの種類は……29個だ。

あっ、ガチャというスキルまで含めたら30個になる。

被りまで含めたら100近いスキルを手に入れている。

このガチャが、誰もいない、何もないこの下界での楽しみの一つなんだからな。

だから、ポイントをここまで貯めるのも苦労した。

何度、ガチャを回してみたいという気持ちにかられただろうか。

ポイントが有り余っているというのもあって、俺は十一回ガチャを一回くらいなら引いてもいいんじゃないかとも思ってしまった。

これはもう一種の中毒なのではないだろうか。薬物依存という言葉を聞いたことがあるが、それに似ている感じがある。

もうガチャが生活の一部になってしまっている。

俺とガチャは切っても切れない関係だ。

とりあえず、十一回ガチャだけ回そうかな。

ご褒美だ。4月を生き抜いた俺へのご褒美。

そんな適当な理由付けをして、俺はガチャを回したい自分の気持ちを肯定することにした。

ガチャを回す。俺は十一回ガチャへと指を向ける。

と、宝箱が出現した虹色に輝いた。いや、輝いてしまったというべきか。

……で、出るならお願いだから、栽培スキルにしてくれ。薬師、鑑定はもういらない！　もう被りは嫌だ！

やはり回さないほうがよかったか？　一瞬そんな考えが頭をよぎった。

出現した玉の色の数は……銅色が三つ、銀色が三つ、金色が三つ、虹色が二つ、か。

頼む、頼む！　まずはどうでもいい銅色からだ。

《銅スキル》【耐久力強化：レベル1】【俊敏強化：レベル1】【魔力強化：レベル1】

まあ、ここはいつものだ。

ここまではある程度余裕をもって見られる。

しかし、次からはかなり大事だ。

銀色の玉を確認していく。どうでもいい槍術とか短剣術は来ないでくれよ！

新しいスキル来い！

《銀スキル》【短剣術：レベル1】【格闘術：レベル1】【鍛冶術：レベル1】

……き、来やがったな。

短剣術はまったく使っていない。

格闘術も初めは喜んだ気がした。使えると思ったからな。

ただ、ほとんど使っていない。現状、必要のないスキルであることは間違いなかった。

鍛冶術は普通に嬉しい。スキルレベルが上がれば、より作る物の質が上がるからな。

そろそろ、新しい剣も作るか検討していたし、出てくれたのは素直に嬉しかった。

当たりは三つのうち一つ。正直言って、あまり良くないが、ここは引き分けくらいにしておこうか。

次のガチャ結果に期待しよう。

金色、魔法系スキル……数は三つだ。

《金スキル》【火魔法：レベル1】【水魔法：レベル1】【風魔法：レベル1】

新しい魔法はないか。

ただ、既存の魔法の強化が出来た。

それを今は喜んでおこうか。

そろそろ、戦闘で使っても問題ないくらいにはなってきたんじゃないだろうか。

次は魔法を主軸とした戦闘についても検討しておこうか。

最後は、問題の虹色だな。

虹色のスキルを確認していく。

まず一つ目。

一つ目は——鑑定か！

くそ、被った！　これでまたスキルが被ってしまった。

俺は両手を合わせて祈りながら、結果を見届ける。

二つ目は——栽培だ！

「よし、出た！」

そのスキルを見た瞬間、俺は思わず声を上げてしまった。

これでレベルマックスまで上げられる！　ありがとう神様！

俺は喜びながら、スキルのレベル上げを行っていく。

まずは基本ステータスの確認をしていく。

『クレスト　力130（＋5）　耐久力123（＋3）　器用102（＋3）　俊敏124（＋3）　魔力155（＋4）』

前回のスキルを回した後と比較すると、全体的に10近く、魔力に関しては20近く伸びている。

やはり、魔力の伸びが凄まじい。

　戦闘、生活の上で欠かせないからな。
　次は、スキルを確認しようか。

《銅スキル》【力強化：レベル4（1／4）】【耐久力強化：レベル3（1／3）】【器用強化：レベル3（1／3）】【俊敏強化：レベル3（1／3）】【魔力強化：レベル3（2／3）】
《銀スキル》【剣術：レベル3】【短剣術：レベル2（1／2）】【採掘術：レベル1】【釣り術：レベル2】【開墾術：レベル2】【格闘術：レベル2】【料理術：レベル2】【鍛冶術：レベル2】【仕立て術：レベル1】【飼育術：レベル1】【地図化術：レベル1】【採取術：レベル1】【槍術：レベル2】【感知術：レベル1】【建築術：レベル1】
《金スキル》【土魔法：レベル3】【火魔法：レベル3（3）】【水魔法：レベル3】【風魔法：レベル3】【付与魔法：レベル1】【光魔法：レベル2】
《虹スキル》【鑑定：レベル3（MAX）】【栽培：レベル3（MAX）】【薬師：レベル3（MAX）】
《余りスキル》【鑑定：レベル1】【薬師：レベル1】

基本ステータス強化系スキルに関してもレベルアップしそうなものが増えてきた。

基本ステータス自体が随分と高くなってきたから、パーセント分の強化でも伸び幅が大きくなってくるだろう。

今回やはり一番嬉しかったのは栽培だ。これで、4月の薬師ガチャは完璧だ。

これ以上回すつもりはもちろんない。

来月を期待して、残りのポイントは残してしまって構わないだろう。

もしも、これで来月何もなかったら、神様を恨もうか。

五月からどうなるのか、次に目を覚ました時、それが分かる。

……更新は日付の変更なのだろうか？

そうなると、あと三時間ほどくらいじゃないだろうか？

な、なんだか眠れるかどうか不安になってきたな。

更新されるかもしれない深夜まで起きていようか？　でも、明日の生活もあるからな……。

第8話　「サモナー」

次の日の生活もあるため、俺は無理やり眠りについた。

さすがに、一日動いていたのもあるし、作ったベッドはふかふかなので眠りにつくのに問題はなかった。

そうして朝。小鳥の鳴き声に起こされた。

あー、今日もよく寝た。

今日からは五月か……五月……五月⁉

俺は驚いてすぐにガチャ画面を開いた。

そこにあった薬師ガチャは消滅し――。

『五月記念！　サモナーガチャ開催！』

……て、サモナーガチャ⁉

俺は驚いてそのガチャ画面を見た。

ピックアップされているスキルを確認する。

ピックアップされたスキルは、合計三つだ。

召喚士、魔物指南、魔物使役。

……なるほどな。

鑑定スキルを用いて調べたかったが、スキルの詳細は手に入れてからでないと分からないようだ。

ただ、魔物に関するスキル、か。

以前手に入れた飼育術も似たようなものなのだろうか？

それとも、あれは魔物以外に関係するスキルなのだろうか？

だとしたら、ゴミだぞ。このあたり、普通の動物なんてそれこそ小鳥くらいしかいないからな。

今回のピックアップは魔物を仲間、そしてその強化と召喚に重点を置いているといったところか？

サモナーとテイマー……その二つを合わせたといったところだろうか。

とりあえず……これらのスキルを狙ってガチャを回していこうか。

……ポイント、貯めておいて良かったな。

これからも、目的のスキルを獲得し終えたら、ポイントは残しておいたほうがよさそうだな。

まずは一回目だ。

十一回ガチャのボタンをタッチする。金色の宝箱が出現し、俺はそれをいつものように開いた。

銅色が五つ、銀色が二つ、金色が三つ、虹色が一つ、か。

まあ、良くはない。ただ、昔ほど悲観はない。

《銅スキル》【力強化：レベル1×2】【耐久力強化：レベル1】【俊敏強化：レベル1】【魔力強

化：レベル１】

まあ、ここはいつもの通りだな。次は銀色だな。

《銀スキル》【剣術：レベル１】【魔物進化術：レベル１】

おっ、魔物進化術か。

これは初めて見るな。早速、鑑定してみよう。

『魔物進化術。魔物を進化させられるようになる』

これも魔物の強化がメインだろう。

と言っても、魔物がまだいないからどう使うのか分からない。

次は金色だな。

《金スキル》【土魔法：レベル１】【火魔法：レベル１】【水魔法：レベル１】

ここも仕方ない。新しい魔法はなしか。

そして最後だな。

虹色は恐らく、ピックアップされた新しいスキルたちのどれかだろう。そんな期待とともに最後の虹色の玉へと手を伸ばした。

《虹スキル》【召喚士：レベル１】

お、おお！　これは大当たりなのではないだろうか⁉　サモナーガチャなんだから、召喚士が一番の当たりだろう。

俺はさっそく召喚士を使用してみる。

すると、呼び出す魔物を選択する画面が現れた。

ん？　んん？

期待しすぎてしまった俺は、遅れて鑑定でスキルを判断することにした。

『召喚士。契約した魔物を任意の地点に召喚する』

つ、つまり、魔物と契約する必要があると。

現時点では何も使えないスキルだった。まさかのハズレか。

ま、まあ、まだあと５０００ポイントある。

次のガチャに期待しよう。

連続でガチャをするのはこれが初めてだ。

数日かけて一生懸命貯めたポイントが一瞬で消えていくのは、なんだろうな。

恐怖と同時にこのポイントをぶっ放すという行為は表現の難しい快感もあった。

俺はすぐに、次のガチャを回す。

まずは……虹色演出だ！

ただ、少し思ったのは、実はこれってハズレではないかということだ。

今回のガチャの開催は５月31日までとなっている。

４月はガチャのスキルを確認したあと、家に幽閉されていた期間などがあり、一ヵ月まるまるこのスキルと向き合うことはできなかったが……今回はあと一ヵ月もあるのだ。

虹色に関しては、最短で12個当てればレベルマックスになるからな。

そんなに焦らなくても、レベルマックスまで上げるのは苦労しないいんじゃないだろうか？

これがハズレだと思う理由なんだが、まあ別に全部揃ったらガチャを回さなければいいだけなんだけど。

……でも、ガチャを回すのは楽しいから長く回したい気持ちがあるんだよな。

出現した宝箱からぽぽんっと玉が出る。

銅色五つ、銀色二つ、金色一つ、虹色三つか。

まずは銅色からだ。

《銅スキル》【力強化：レベル１】【耐久力強化：レベル１】【器用強化：レベル１】【俊敏強化：レベル１】【魔力強化：レベル１】

お、一種類ずつ出た。ちょっと縁起いいかも。いや、そんなのはどうでもいい。
次からが重要だ。

《銀スキル》【地図化術：レベル1】【感知術：レベル1】

……うーん、まあ悪くないかな。
どちらも優秀なスキルだ。槍とか短剣とかあそこらへんが出るより全然マシだ。
金色の玉を確認する。

《金スキル》【付与魔法：レベル1】

体感ではあるが結構出にくいので、これは素直に嬉しかった。
残りは虹色か。
一つずつそろってくれ！

《虹スキル》【召喚士：レベル1】【魔物指南：レベル1】【魔物使役：レベル1】

おっ、出た！

やった！ これでとりあえず全部そろったぞ‼

さっそく、魔物指南を確認する。

『魔物指南。魔物が成長しやすくなる』

短い説明だが、つまり魔物にも俺のようなステータスがあり、それが成長しやすくなるということか？

今月のガチャを見ている限り、魔物の要素は大事になってきそうなので、このスキルは純粋に必要になりそうだな。

魔物使役も調べようか。

『魔物使役。倒した魔物を仲間にできるようになる』

倒した魔物を仲間に、か。

倒した魔物ということは殺してはいけないということだろう。

魔物相手に殺さずに戦うというのは難しいな。

ぱっと浮かんだ仲間にしたい魔物は、ミツベアーだ。あいつが仲間にできれば、一緒に戦ってくれるかもしれない。

他に仲間にしたい魔物はカウとか？ 牛だから、牛乳とか回収できるようになるかもしれない。

料理術と合わせれば、問題なく飲める牛乳が完成できるだろう。

あと、非常食になりそうだし……。

ゴブリンとかもそうだな。

ゴブリンなら、畑仕事などを手伝ってくれるかもしれない。

……とにかく、このスキルを試しに行くとしようか。

やはり、今回のガチャはサモナーとテイマー……この二つをあわせたような部分が強いな。

どちらにせよ、仲間が増やせるのは良いことだ。

スキルのレベルアップを行いながら、俺はまず実験としてゴブリンを使役することにした。

○

魔物を仲間に出来る数などは、特に制限はないようだ。

とはいえ、魔物を仲間にするということは彼らの生活を保障する必要もあるだろう。

食料、住むところなど、色々と問題が出てくるはずだ。

とりあえず、俺は初めに拠点としていた洞穴近くへと来ていた。

そこでゴブリン、ウルフ辺りが仲間にできないかと考えていたのだ。

まずはゴブリンからだ。

あくまで試しに、という感覚だ。

すぐにゴブリンを発見したので、戦う。

殺す、ではなく倒す、か。

一体どのような違いなのだろうか。

仲間にするということは、相手が俺に「仲間になりたい」と返事をする余裕を作る必要もあるのだろう。

ゴブリンに意識がある状況で倒さないとダメ、とかか？

とにかく、色々試してみようか。

俺に気づいたゴブリンがとびかかってきたので、それを剣で受ける。ゴブリンは棍棒を持っていた。

そいつと戦い、蹴りで攻撃していく。剣で攻撃すると、あっさりと殺してしまう可能性があったからだ。

まさかのここで格闘術を使うことになるとは思わなかった。

それからしばらくダメージを与え続けたところで、ゴブリンがよろよろと立ち上がりこちらを見てきた。

まだ戦意は失っていないようだ。

倒した、わけでもなさそうだ。

ど、どうやって仲間にするんだ？

魔物使役を確認する。すると、魔物使役を使う対象を選択できるようになっていた。

迷うことなく使用する。

ゴブリンは驚いたようにこちらを見てきた。

ど、どうだ？　仲間になってくれるか？

窺うように見ると、

「があ！」

……激高し、攻撃してくる。

失敗したのは明白だった。もう一度やろうとしたが、魔物使役は発動できなかった。

たぶん、成功確率か何かあるんだろう。

レベルが上がれば成功確率がアップする……とかかな？

仕方ない。今回は失敗として、次の戦闘に向かおうか。

そのゴブリンは仕留め、次に向かう。

同じように戦っていく。

しかし、一向に仲間になってくれない。

何か、やり方を間違えてしまっているのだろうか？

そんなことを考えていた時だった。五体目のゴブリンとの交戦中だった。俺はあきらめ半分で
スキルを使った瞬間――。

ゴブリンが驚いたようにこちらを見て、それからすっと棍棒を下ろした。

……お、おお!?

ちらと見るとゴブリンが友好的な目を返してきた。

こ、これは成功なのか？　驚き半分、少し警戒しながらゴブリンに近づく。

子どもほどのサイズのそいつは、俺が伸ばした手を叩いてきた。

それから、ゴブリンは少し笑った。

「……仲間でいいんだな？」

「ゴブ！」

こくり、と頷いた。

……これで、テイム成功ってところか？

そう思うと、どっと疲れが襲ってくる。

やっと、うまくいったな。とりあえず、やり方を間違えていなかったようで安堵する。

ゴブリンを探し、殺さず倒すを繰り返してきた。

これは中々に疲労の溜まる作業だったな……本当に。

仲間にできた喜びをかみしめていると、ゴブリンが近づいてきた。

「ゴブ？」

俺が疲れたように息を吐いているのが気になるようだ。

「ゴブリン、俺の言葉分かるか？」

「ゴブ」

ゴブリンは人懐こい様子で頷いてきた。

一応理解はしているようだ。

こうして誰かと話をするのは久しぶりだな。

それが、滅茶苦茶嬉しかった。

「よし、今日からおまえも仲間だ。一緒に生活していくぞ！」

「ゴブ！」

俺が手を伸ばすと、ゴブリンは思い切り叩いてくる。

……痛い。

「ゴブリン、こうやって手を出されたら握手するんだ」

そう教えるが、再び叩かれる。

「ゴブ！」

「いや、叩くな……握手、こうだ！」

俺が無理やりゴブリンの手を握りしめる。

しかし、ゴブリンは俺の手をぱーんと叩いてくる。

こ、こいつ、脳みそ詰まっているのか？

人型の魔物だし、畑仕事とかの雑事を任せたかったが、不安だな。

そういえば、魔物指南のスキルがあったか。

これは魔物を鍛えるというものだった。

鍛える、といえばステータス的なものを想像する。

魔物にも、ステータスのようなものがあるかもしれない。俺はゴブリンのステータスを鑑定してみた。

これまで、戦闘の時に調べてもゴブリンの名前しか出なかったが――今は違った。

『名無し（ゴブリン）　主：クレスト　力15　耐久力4　器用3　俊敏12　魔力1　賢さ1』

あらやだ、うちの子滅茶苦茶お馬鹿さん。

そうじゃなくて、魔物には賢さという項目が追加されていた。

俺のステータスを見ても特にないことから、魔物限定のステータスのようだ。

俺が握手を教えてもまったくもって通じる気配がないのは、これが原因なのかもしれないな。

この賢さを上げるにはどうすればいいのだろうか？

正直言って、今の賢さでは一緒に戦うとかもできないかもしれない。

とりあえず、賢さが上がるか分からないが、握手のやり方を教えてみるか。

「ゴブリン、握手っていうのはこうやって手と手を優しくつなぐことなんだ。仲良くなった人同士でやることだ」

いや、ゴブリンは魔物なんだけど。

俺は人同然として扱っていくつもりだ。

せっかくできた仲間なんだからな。

次の魔物を探しながら、俺はゴブリンをしつけるように握手について教えていく。

「ほら、握手するぞ」

また叩かれるんだろうな、と思って手を差し出した時だった。

ゴブリンが俺の手をみて、ぎゅっと握ってきた。

「い、いっだ！　力強すぎだ！　もっと加減しろ！」

「ゴブ！」

ゴブリンは返事だけは良かった。ただ、何も理解している様子はなかったけど。……仕方ない。

これは根気強く教えていくしかないな。

力加減こそできなかったけど、とりあえず先には進んだ。

ゴブリンを叱りつけ、再び指導していく。

こうやって、仲間にした魔物を指導していくために魔物指南のスキルはあるのだろう、恐らく。

ゴブリンのステータスを確認する。

賢さが1から3に上がっていた。

これも、スキルのおかげだろうか？

想像以上の成長だ。

どうやら、このやり方で良いみたいだな。

何かを教えて、段々と賢さを上げていく。

これほど効率が良いのは、魔物指南スキルの効果がかなり影響しているのはもちろんだろう。

……ここまで魔物がお馬鹿なら、もしかしたら魔物指南が一番の当たりかもしれない。

きっとほかのステータスも俺と同じように上がっていくだろう。

この調子でウルフも仲間にしようか。

先ほどからウルフを探して森を歩き回っているのだが、中々見つからない。

焦っても仕方ないので、のんびりいこうか。

そういえば、魔物進化術というものがあったな。

俺は試しにゴブリンに使ってみた。

しかし、ダメだ。どうやら経験値が足りないらしい。

……経験値ってなんだ。

経験……その値。

そういえば、魔物は戦えば戦うほど強くなり、個体によって進化できるといわれている。

変種した魔物に襲われるという事件を聞いたことがあった。

つまり、戦闘の経験ってことだろうか？

進化術の画面を見たところ、進化先はいくつかあるようだ。画面の感じから、付与魔法に似ているな。

「ゴブリン、握手」

「ゴブ！」

ウルフを探している間に、見事にゴブリンは握手ができるようになっていた。

ステータスを確認する。

『名無し（ゴブリン）　主：クレスト　力17　耐久力５　器用４　俊敏13　魔力２　賢さ10』

魔物とは戦っていないが、移動の間に全部のステータスが微妙に上がっていた。

……力はまあ分からないでもないな。

散々人の手を叩いたり、強く握ってきたからな。

これは、魔物指南スキルが一番の当たりである可能性が高いな。

こうなると、早くレベルマックスにしたいな。

次はウルフを仲間にするため、森を歩いていった。

○

しばらく、歩いていた時だった。俺は森を悠然と歩いているウルフを見つけた。

それからゴブリンを見る。

「ゴブリン、やれるか？」

「ゴブ！」

威勢だけはいいんだよな。

でも、たぶん無理だよな……？

ウルフのステータスは分からないが、ゴブリンに戦わせるのは危険だろう。

俺の体感で、両者はほぼ互角。

ウルフの方が若干動きが速いため、ウルフの方が有利だとも思っている。

しかしゴブリンはやる気満々のようだ。

鼻息荒くこちらを見てきては、早く命令をくれといった様子で棍棒を構えている。

……正直こうして命令を待ってくれているというのは、ありがたい。賢さが上がっていなければば、突っ込んでいたかもしれない。

戦闘を始める前に賢さを上げる。

それを徹底したほうがいいかも？　まだ、ゴブリンしか仲間にしていないので、確定している
とは言えないけれど。

というか、ホブ・ゴブリンを仲間にしたほうがまだ賢さは高そうだが……。

能天気にこちらを見ているゴブリンに、小さく息を吐いた。

とりあえずは、いいか。

たぶん、進化先の一つにあるだろうしな。

進化も試したいので、上位種ではなく下位種のものから育てたかったというのもある。

「ゴブリンはここで待機だ」

「ゴブ!?」

これまではゴブリンが何を考えているのかはいまいち分からなかったが、今の返事だけは理解
できた。

なんで!?　と言ったのだろう。

ゴブリンはやる気をアピールするように棍棒を何度か振り上げていた。

「今回の戦闘はウルフを仲間にするために行うんだ。だから、俺一人のほうがやりやすい。……

ゴブリンは周囲の警戒をしていてくれ。何かあったら教えてくれ」

「ゴブ！」

まあ俺は感知術を持っているから、集団に襲われるようなことは油断していなければない。

なので、必要ないといえば必要がない役目だ。

それでも、ゴブリンはやる気を出してくれたようだ。こちらが引くくらい、やる気に満ちていた。

俺はウルフへと近づく。堂々と向かったからか、ウルフも気づいたようだ。

仲間にしたいのなら、奇襲ではなく正々堂々と戦ったほうがいいと思った。

……それで魔物使役スキルの効果が上がるかは不明だが、ゲン担ぎみたいなものだ。

多くの人は卑怯な手を使って屈服させられても、その相手に従いたいとは思わないはずだ。

ウルフは唸りながらこちらを見てきた。

その様子に隙はない。

今の俺のステータスなら、負けることはないはずだがこうも気迫を見せられると気を抜けない。

お互い、睨み合う。

先に動いたのは――ゴブリンだ。

「ゴブ！」

ゴブリンが突然声をあげた。俺とウルフは驚いてそちらを見る。

魔物が接近しているのか⁉　嘘だろ！　感知術に魔物の反応はない！

どういうことだ⁉　魔物にしか分からない感知術みたいなものがあるのか⁉

レベルアップによって広がった感知術で周囲をくまなく探す。

だが、何も見つからない。
「ゴブ！」
ゴブリンがびしっとある地点を指さしていた。
そこには……花が生えていた。
まあ、綺麗……素敵！　じゃねぇよ！
『何かあったら報告してくれ』を拡大解釈しやがった。
ゴブリンはその花がたいそう気に入ったようで、そちらへと近づいて花を摘んでいる。
ウルフがそちらへと向かおうとしたが、俺がその間に割り込む。
邪魔はされたが、戦闘開始だ。
ウルフは素早く噛みついてきたが、俺にとっては十分見切れる速度だ。
そうして、攻撃は致命傷にならないよう打撃を中心に戦っていく。
そして、弱ったところで俺は魔物使役を発動する。
一度ウルフの動きが止まり、こちらをじっと見てくる。
それから、大きく口を開いた。
「ガァァ！」
怒り狂ったように叫び、跳びかかってきた。
魔物使役は失敗だ。
仕留めるしかなくなったな。

こんなお馬鹿な奴の仲間入りはしたくないと思ったのかもしれない。

妥当な判断だ。俺だってそうする。

ウルフを仕留め、剣をしまった。

小さくため息をついてから、ゴブリンを睨みつける。

「ゴブリン、何かあったらは、危険があったらだ。魔物が接近してくるとか、そういうことだ。分かったな？」

「ゴブ！」

返事だけはいいんだから……。

まあ、頭で理解しているかは分からないが、きちんと返事をしてくれているからまだいいか。

ある意味でゴブリンはとっても素直だからな。

俺はゴブリンとともにウルフを探していく。

ウルフが仲間になったのは――三体目を倒したところだった。

「がるる」

魔物使役スキルを使うと、甘えたような声でウルフが鳴いた。

近づいて頭を撫でるとこすりつけてきた。

可愛い……。ゴブリンと違い、ウルフは犬に似た可愛らしさがあった。

「お手」

「がるっ」

「お座り」

「がるるっ」

おまけに、命令もちゃんと聞いてくれる。

そこだけで、とても感動してしまった。

ゴブリンとウルフはやっぱり色々違うようだな！

俺はウルフのステータスを確認する。

『名無し（ウルフ）　主：クレスト　力18　耐久力8　器用10　俊敏21　魔力5　賢さ20』

……おお、やはりウルフは優秀だ。

別に比べるつもりはないが、確認のためにゴブリンのステータスも見ておくか。

『名無し（ゴブリン）　主：クレスト　力19　耐久力6　器用5　俊敏14　魔力3　賢さ12』

ウルフ狩りの間、ずっとゴブリンに指導を行っていて、これだった。

賢さに関しては、ゴブリンはとても低いようだ。

まあ、仕方ないな。

二体を眺めていると、両者が何やら話しているようだった。

「ゴブ」

「がるる」

「ゴブ！」

まったくもって両者の会話は分からなかったが、それでも通じてはいるようだった。

言語は同じなのだろうか？　それとも、魔物語みたいな感じで統一されているのだろうか。魔物に関しては謎が深まるばかりだな。

ウルフが俺の隣に並び、ゴブリンがその背中に乗る。

ゴブリンライダーの完成だ。

……あまり強そうに見えないのは、騎手が原因だろうな。

何も考えていないような口半開きの笑みを浮かべている。

さっきお互いに話していたのは、もしかしたらその打ち合わせでもしていたのかもしれない。

ウルフが走り出すと、乗っていたゴブリンが背中から落ちた。乗馬だったら大問題の落ち方をしたが、ゴブリンは元気そうだった。

「ゴブ！」

「がるる！」

ゴブリンがウルフを追いかけ、ウルフが逃げていく。

ゴブリンがウルフに追いつくと再び背中に乗って、ウルフとゴブリンが遊びだす。

……楽しそうだな。見ていて俺は和んでいた。

それに、二体のステータス強化にもなりそうだ。

魔物たちを眺めながら、俺は気になっていた召喚士のスキルを調べる。

契約している魔物を任意の場所に召喚できるんだったよな。

俺が確認してみると、どうやら今のレベルなら二体まで同時に召喚できるようだ。

任意の場所は……俺の視界が届く範囲のようだ。

試してみるか。

俺は召喚を発動する。契約した魔物と表示され、そこにゴブリンとウルフがいた。

……どうやら、魔物使役スキルで使役すると、それが契約という扱いになるようだ。

早速、ゴブリンを召喚するため、選択してみた。

そして、目の前を指定して召喚した。

「サモン、ゴブリン」

召喚士が呼び出す場合に必要な言葉を言うと、ゴブリンが俺の目の前に現れた。

急に軽くなったからかウルフが驚いたように背中を見ている。

「ゴブ！」

登場したゴブリンは威勢よく棍棒を構えた。

……なるほどな。視界の届く範囲なら、魔物を使って奇襲ができるかもしれない。

ただまあ、今の魔物たちじゃ奇襲するには弱すぎる。

……かと言って、ミツベアー級の魔物相手に、加減して戦うのは正直言って厳しい。

格闘術、そして剣の腹で殴って弱らせるのは大変だ。

ゴブリン、ウルフがもう少し強くなれば、三人がかりでどうにかやっていけるかもしれないが。

どちらにせよ、大変そうだ。

俺は一度背中を伸ばす。今日はもうかなり戦ったな。

一度、拠点に戻ろうか。

「ウルフ、ゴブリン。俺が暮らしている拠点に案内する。ついてきてくれ」

「ゴブ！」

「がる！」

二体は素直に俺についてくる。ゴブリンは歩いているとふらふらーとどこかに行きそうになるが、ウルフがそれを制する。

すでにウルフのほうが色々な面で優秀だな。

けどまあ、手のかかる子も嫌いじゃない。

……俺は自然と口元が緩んでしまった。

……これまでずっと一人だったからな。

今はなんだろう。ガチャを回しているとき以上に楽しいかもしれない。

新しい仲間、か。

悪くないな。

○

拠点に戻ってきた俺は、それからウルフとゴブリンに拠点を簡単に紹介していく。

ウルフは従順に、ゴブリンは相変わらずぼけーっとした賢さからは真逆の間抜け面で拠点を眺めていた。

……二体とも、暮らせる場所が必要だよな。

まずはそう思い、ウルフには犬小屋を、ゴブリンにも小さな家を作ることにした。

ウルフくらいなら、俺の家で暮らしてもいいが、二体にも自由に過ごせる場所を用意したほうがいいだろう。

特にゴブリンは、一体で自由にしていてほしい。

それはゴブリンへの優しさではなく、騒がしいからだ。俺の寝床に休める場所を造っても、夜とか騒がしくて寝られない可能性がある。

アイアン魔鉱石で作成した斧で木を切る。ゴブリンにも教え、伐採を手伝ってもらう。

……この辺りの木は幹を残しておけばすぐに生えてくるからな。栽培スキルがレベルマックスに上がったことで、成長の心配はまったくない。

むしろ、不必要な木はきちんと火で焼いて処分しないと、あっという間に拠点周囲が森になってしまうほどだ。

犬小屋を作るのに必要な木材が揃ったため、先に犬小屋から作ることにした。

俺が建築術を発動し、ウルフの犬小屋を作る。

場所はやはり、俺の家近くがいいだろう。

家の庭、玄関を出てすぐのところに作った。

「がるー！」

ウルフは嬉しそうに尻尾を振り、俺のほうに頬ずりをしてきた。その頭と顎を撫でる。

やべぇ、ふかふかで柔らかい。

まるで上質な布団にくるまれているかのような癒し効果がそこにはあった。撫でるたび、嬉しそうに尻尾を振るのがまた嬉しくなってくる。

……モフモフにしばらく癒されていると、ゴブリンが木を運んできた。

それからこちらを見てくる。じーっとした目を向けてくる。

不服そうな顔である。

ゴブリンはめっちゃ頑張って仕事しているのに、という顔である。

「そろそろ、大丈夫だな。ゴブリンの家も造るから……」

それから俺の家の隣にゴブリンの家を造った。

ゴブリンの家は俺の家よりも一回り小さい。部屋は俺と同じにしておいた。

……布団を作るための材料がないので、あとで取りにいかないとだな。

ゴブリンも嬉しそうに体を近づけてきたので、頭を軽く撫でると満足そうである。

そのあとで、俺はお湯を用意して、二体の体を洗った。

こいつらメスか。一応、男にあるべきものがなかったからな。

まあ、正直言ってオスメスの違いは特になさそうだ。ゴブリンもあるなしくらいの違いしかないしな。

石鹸も使って体を洗ったことで、魔物たちの体にあった汚れ、臭いも落ち着いた。

……さっき頭を撫でた時に臭ったからな。だから、緊急でお湯を用意したというわけだ。

最終的には風呂も作りたいものだ。

今の季節はいいが、秋、冬になって外で体を洗うのはさすがに寒いからな。

風呂ほど完璧なものでなくとも、お湯をすぐに捨てられて、風にさらされない程度のものくらいは作っておきたいものだ。

土魔法もあるし、案外難しくはなさそうだが、まあ、緊急に必要なものでもないし。そんな頭使って考えなくてもいいだろう。

建築術で風呂自体はあるが……かなりしっかりしたものだからな。そこまでじゃなくていいんだ。

俺は庭に行き、ゴブリンとウルフに育てている作物の説明をしていく。

「まずはこれが、果物だな。モモナ、オレンジイ、グレープンの実だ」

一つずつとって、ゴブリンとウルフにあげた。作物を育てるのはゴブリンに任せようかと思ったが、ちょっと身長が足りないいな。

まあ、椅子を用意しておけば大丈夫だろう。

グレープンの実は種を持ち帰った後植えて三日でできた。今は回収、耕し、種蒔きのサイクルに入っている。

……植物のすべてを食べきれるわけではないので、時々廃棄もしているが……このサイクルで作れるため、俺はそこまで気にしていない。

次に、メニンジン、ジャガンモへと向かう。

こっちに関しても問題なく育っている。

虫とか出るんじゃないかって畑を持った時は気にしていたのだが、栽培の効果なのか今まで虫を見ていない。

虫が寄り付かない食べ物はまずいもの、と聞いたことがあるが……味に問題はないんだよな。

……それとも、うまいまずい以外での問題とかあるんだろうか？

ちらりと見ると、ウルフとゴブリンがおいしそうに果物を食べていた。……ゴブリンは人型だから人間と好みは似ていそうだが、ウルフはどうなんだろうか？

まあ、魔物だしある程度なんでも食えるだろうな。

「ゴブリンとウルフには、畑を守る仕事をしてもらうことになる。ただし、万が一強い魔物が襲ってきた場合は無理に戦わないこと。別に畑はすぐに作れるからな」

命令はなるべく具体的に伝えておく。

ゴブリンとウルフはまだこの辺りの魔物に襲われたら勝てるか分からない。

俺が拠点にいても、ファングカウやポイズンビー、たまにミツベアーも近くまで来るからな。

奴らに挑んで死なれても困る。

だからまあ、名前をつけてもいなかったんだが。

名前をつけると愛着が出てしまう。ゴブリンたちが俺なしで戦えるくらい強くなるまで、名前を付けるつもりはなかった。

それから俺はアイアン魔鉱石でゴブリンの棍棒を新調した。

棍棒なんて比較にならない。ハンマーだな。

ゴブリンにそれを持たせて軽く振ってもらう。

うん、問題ない。

ウルフも何か欲しがったので、鍛冶術で調べる。

あっ、首輪があったな。首輪を作成してやろうか。

首輪を作り、ウルフの首につけると嬉しそうに尻尾を振った。

さて、次は稽古だな。

二体をつれ、畑から離れた位置に移動する。

先ほど散々伐採して、開けた空間ができていた。よし、この辺りを訓練場にでもしようか。

「ゴブリン、ウルフ。これから訓練だ。全力でかかってこい！」

俺は念のために刃のない剣を一つ作り、二体に向ける。

二体は顔を見合わせた後、俺へととびかかってきた。

この稽古の目的は、二体のステータスを向上させること。

魔物指南スキルもあるため、俺が二体を指導すればかなり成長させられるのではないかと考えていた。

ウルフ、ゴブリンと交互に、あるいは同時に戦っていく。

途中休憩を挟みながら、今日一日は彼らの育成に時間を割こうと思い、とにかく戦いつづけた。

途中、ファングシープがやってきたので、俺が仕留め昼食をとる。羊毛は拠点に集めておいた。

昼食のあとはまたゴブリン、ウルフと戦い二体のステータス強化に力を入れる。

ある程度俺が力を出して戦ったからか、二体のステータスは随分と向上した。

『名無し（ウルフ）　主：クレスト　力38　耐久力28　器用30　俊敏50　魔力７　賢さ31』

『名無し（ゴブリン）　主：クレスト　力45　耐久力30　器用18　俊敏35　魔力５　賢さ15』

どちらもかなり強くなったな。

あとは、実戦で少しずつ成長していけばいいんじゃないだろうか？

というか、サハギンくらいなら二体でも十分戦えるような気がしてきた。

あと少しくらい訓練すれば勝てるか？

俺はそんなことを考えながら、夕食をとることにした。

魔物、とはいえ……ようやく一人ではなくなった。

夕食の時間、二体がおいしそうに俺の料理を食べているのを見て、俺も笑みを浮かべた。

○

三日ほどウルフ、ゴブリンの鍛錬に時間をかけた。

……まあ、実際は雨が降って、しばらく道がぬかるんでしまったので、無理に外に出なかったというべきか。

雨が降ることで、もしかしたら普段は見かけられないような魔物もいたかもしれないが、この足元では戦いは難しそうだったからな。

それに、風邪でも引いてしまったら大変だからな。安全をとったため、探索はしなかったのだ。

やはり、一度雨が降ると二、三日は足元が不安定になるようだ。

四月に雨が降らなくてよかったよ、本当に。

この三日間世話になった屋根付きの訓練施設を見る。と言っても、木材で屋根を作っただけだ。

足元は土で、本当に雨をしのぐためのものだ。

建築術がなければ、俺はこの数日をじっと過ごすことしかできなかっただろう。

改めて、スキルには感謝だな。

訓練のおかげもあって、ウルフとゴブリンはめきめきと力をつけてくれた。

まずは、二体のステータスを確認しようか。

犬小屋で寝ているウルフを見る。俺が仕立て術で作ったクッションに体を丸め、眠っていた。

目をとじ、気持ちよさそうな寝顔である。そんなウルフのステータスを確認する。

『名無し（ウルフ）　主：クレスト　力78　耐久力68　器用45　俊敏100　魔力15　賢さ55』

ウルフはもうこの辺りの魔物なら問題なく狩れるくらいだ。

ウルフ一体で無理でも、ゴブリンがいればどうにでもなる。

とにかく優秀に育ってくれて助かった。

餌なども自分で取れるようになったので、食事に関してもウルフだけで問題なく行えそうだった。

俺がしばらく眺めていると、ウルフが目をあけ、体を起こした。それから尻尾を振るようにして、こちらへとやってくる。

頭を撫でてほしそうにこちらを見る。

賢いんだけど、甘えたがりという感じだ。

ウルフは顎の下を撫でられるのが好きなようだ。俺が何度か撫でると尻尾がさらに嬉しそうに左右に揺れた。

モフモフで気持ちいい。俺はウルフに顔を押し付け、しばらくそのモフモフを堪能した。

頭を最後に一度撫でてから、俺はゴブリンの家に向かう。

ゴブリンの家に入る。鍵というか、かんぬきも一緒に作ったのだが、ゴブリンは使っていない。使えるだけの賢さはあるのだが、まあ別にここで鍵をしないで襲われるという危険は……ないはずだ。

それでも、俺としては一応しておいてほしいんだがな。ミツベアーとかが襲ってこないとも限らないからな。

ゴブリンの家の中には、魔石などが置かれていた。これらは拠点の近くでゴブリンが拾ってきたものだそうだ。

雨とかお構いなしにゴブリンは結構外に出ていたからな。

とにかく、家での生活を楽しんでいるようだ。

そのゴブリンは気持ちよさそうな寝顔でベッドに横になっていた。

「ワオー！」

ウルフが吠えると、びくんっとゴブリンが体を起こした。

一番最初にウルフが起きた時は、いつもこの雄たけびをあげる。

最近ではそれが目覚ましの代わりとなってくれていた。

こちらに気づいたゴブリンは俺が作った簡素な服に袖を通していく。

そんなゴブリンのステータスを確認する。

『名無し（ゴブリン）　主：クレスト　力98　耐久力87　器用24　俊敏77　魔力10　賢さ30』

準備を終えたゴブリンは、背中にハンマーを背負いびしっと俺の前に立った。

「そんな肩張らなくて大丈夫だ。朝食を食べたあと、森の捜索に向かおうと思っている。手伝ってくれるか？」

「ゴブ！」

「がるるっ」

二体とも頷いたので、俺たちは外に出て朝食を食べる。

食べながら、俺も自分のステータスとスキルを確認しておく。

……ウルフたちとの訓練で、俺も随分とステータスが上がったんだよな。

『クレスト　力１４０（＋７）　耐久力１２９（＋５）　器用１１１（＋３）　俊敏１３３（＋

5）　魔力175（＋7）』

《銅スキル》【力強化：レベル5】【耐久力強化：レベル4】【器用強化：レベル3（2／3）】【俊敏強化：レベル4】【魔力強化：レベル4（1／4）】

《銀スキル》【剣術：レベル3（1／3）】【短剣術：レベル2（1／2）】【採掘術：レベル1】【釣り術：レベル2】【開墾術：レベル2】【格闘術：レベル2】【料理術：レベル2】【鍛冶術：レベル2】【仕立て術：レベル1】【飼育術：レベル1】【地図化術：レベル2】【採取術：レベル1】【槍術：レベル2】【感知術：レベル2】【建築術：レベル1】【魔物進化術：レベル1】

《金スキル》【土魔法：レベル3（1／3）】【火魔法：レベル3（1／3）】【水魔法：レベル3（1／3）】【風魔法：レベル3】【付与魔法：レベル2】【光魔法：レベル2】

《虹スキル》【鑑定：レベル3（MAX）】【栽培：レベル3（MAX）】【薬師：レベル3（MAX）】【召喚士：レベル2】【魔物指南：レベル1】【魔物使役：レベル1】

《余りスキル》【鑑定：レベル1】【薬師：レベル1】

俺のステータスもだいぶ伸びてきた。ただ、これだけ訓練などをしていても、俺のスキルは一向にレベルが上がる様子はないので、恐らく他の人たちのように鍛錬によるスキルのレベルアップはないんだろうと思う。

今のところはガチャをたくさん回せているので、レベルアップで困ったことはないので文句はなかった。

朝食の後、軽く口内と顔を洗ってから俺は森へと向かう。

「ゴブリン、ウルフ……これからミツベアーと戦ってもらう。一応俺も見守っているが、ゴブリンとウルフで戦えるかどうかの確認だ」

「……ゴブ！」

「がるる……」

二体とも、少し緊張した様子だった。

しかし、俺は二体とは違い、不安はない。

たぶん、大丈夫なんじゃないか？　くらいの気持ちだ。

ミツベアーと初めて戦った時の俺のステータスはゴブリン、ウルフより少し低いくらいだったはずだ。

俺の場合はスキルの補正もあるとはいえ、今回はゴブリン、ウルフの二体で挑んでもらうわけだから、補正の分くらいはチャラになるだろう。

やはり戦闘というのは一対一と二対一では大きく違う。

それは体験していてよく分かる。

敵二体以上と戦う時の精神的疲労はやはり大きなものだ。

気を配る範囲が増えるからな。油断するとすぐに敵はこちらの死角に入り込み、攻撃してくる。

感知術を発動し、移動していく。

しばらく移動していくと、ミツベアーを発見できた。

俺たちは息をひそめてそちらを窺う。それから、ゴブリンとウルフに視線を向ける。

「それじゃあ、好きなタイミングで挑んでくれ」

俺が言うと、ゴブリンがウルフの上に乗った。

そうして、ウルフが駆けだした。

ゴブリンは俺が作ってあげたハンマーを構え、一気にミツベアーへと迫る。ミツベアーが遅れて気づいた。そこで、ゴブリンがハンマーを振り回した。

「ゴブ！」

威勢の良い一撃だ。

ミツベアーは反応こそしたが、回避は間に合わなかった。

一撃がミツベアーの足を捉える。

無理やりにでも回避するべきだったろうな。

「ガァ⁉」

ミツベアーは驚いた様子で、膝から崩れ落ちた。立ち上がろうとしたのだが、ぷるぷると膝から下が震えている。

……骨を砕いたようだ。まあ、無理もない。俺が作ったハンマーだし、ゴブリンの力はこの数日の訓練でかなり上がっている。

ゴブリンが与えた一撃は、この戦闘において凄まじいアドバンテージを生み出した。

戦いの基本は、足だ。足が使えなくなれば、その時点で戦闘能力はかなり落ちる。まして、ミツベアーが魔法を使っているところを見たことはない。

遠距離攻撃を持たないミツベアーが、足を失えば……あとは時間の問題だろう。

それでもミツベアーも魔物としての意地があるようだった。体を起こし、鋭い爪を振り下ろした。

とはいえ、俺が戦った時のような力強さはやはりない。

今のミツベアーは、まったくもって下半身で踏ん張り切れていないんだからな。

ウルフはミツベアーの大振りすぎる一撃をかわす。

敏捷の数値が異様なまでに成長しているウルフに、あんな大振りが当たるはずない。

かわしながらウルフが腕に噛みつき、怯んだところでゴブリンがミツベアーの頭を潰した。

ミツベアーはもう動かない。

……呆気なかった。

もう少し苦戦するかもしれないと思っていたが、想像以上に強くなっているかもしれない。

俺が少し前まで苦戦していたミツベアーをこうもあっさり倒せるようになるとは。

二体の成長っぷりが恐ろしい。

……もしも主よりも強くなったらどうなる？　無理やり従わせることもできるようだが、それでは慕ってはくれないだろう。

今くらいの力の差を維持しておいたほうが良いか？

というか、この二体に本気で襲い掛かられたら、俺は果たして倒せるのか？

……く、訓練の頻度を落とそうか。

閑話

「アリブレット・ハバースト1」

オレはハバースト家の次男、アリブレットだ。

オレはこれから、家で開かれる緊急会議に参加するため、屋敷を歩いていた。

緊急会議が開かれるのは、先日の王城でのやり取りが原因だ。

あの会議に参加したオレたち家族は、クレストのせいでとんだ恥をかくことになってしまった。

……まさか、クレストのスキル『ガチャ』がこの国にとって必要なものだったとは。

クレストのせいで面倒なことになったのは言うまでもない。

せっかく、母さんを殺した奴に復讐を果たせたとみんなで喜んでいたというのに。大人しく下界で死んでいてくれれば良かったのに。

……とはいえ、今は死なれていると困るか。それこそ、ハバースト家の立場が追いやられてしまう。

まったく、本当に奴の扱いは面倒だ。

用意された会議室に着くと、会議はすぐに始まった。

会議の内容はもちろん、クレストについてだ。

このままでは、クレストが家に戻った時、オレたちのほとんどが家での立場を失うと考えていたからだ。

「オレは……大丈夫だ。オレはクレストに優しくしてやったこともある」

と、三男が言う。何が優しくしてやったことがある、だ。

オレたちは全員、クレストを虐げていたのは事実だ。

オレだってそうだからな。もちろん、悪いことをしたなんて思いは一切ない。

奴はうちでは最低の人間なんだからな。母さんを殺したんだから。

オレたちとは立場が違うんだ、奴は。

しかしどうやら､うちの長男は少し様子が違う。焦ったような顔で､長男ががたんと立ち上がる。

「お、オレだってそうだぞ！　第一、いじめていた張本人はおまえじゃないか！」

長男がびしっと三男を睨みつけ、声を荒らげた。

ここでお互いに押し付け合ったたって意味なんてないが。

我が家では長男の言うことは絶対だ。長男に逆らうことなんてできやしない。

それは次男であるオレも同じだ。

だが、今は非常事態だった。……このままではクレストにすべての権利がいってしまうため、皆強気だ。

どうにか、自分は悪くないとアピールをして、クレストが戻ってきた時に取り入ろうという魂胆だろう。

我が兄ながら、情けねぇなおい。

三男は長男を睨みつけて、立ち上がる。

「はぁ!?　それはない！　兄さんが命令したんじゃないか！」

三男と長男が喧嘩しているのをオレはじっと見ていた。

何をやっているんだかな。

今はこんな喧嘩をしている場合ではないだろう。

オレとしては、そのまま無能っぷりを晒してくれれば良い。

オレには、一つ考えがあるからな。

二人が本格的な口論となったところで、父が机をがんと殴った。

「おまえたち！　馬鹿なことを言い合っている場合じゃない！　……今は、誰がクレストの捜索に向かうのか。それを決めるのが先決だ！」

父が顔を真っ赤にして怒鳴ると、さすがに全員が口を閉ざした。

皆は、「おまえがいけよ」とばかりに視線を交わしあっていた。

……誰も、捜索になど行きたくないのだ。

下界に降りる手段はある。この上界と下界を繋ぐ場所があるからだ。

だが、危険だ。命の保証なんてものは下界にはない。

下界は魔物で溢れている。一度踏みこめば、命を失うとさえ言われているほどに危険な場所だからだ。

だが――オレはこの瞬間を待っていた。

「父上、オレが行きます」

「アリブレット、本当か⁉」

驚いた様子で皆が見てくる。

……むしろ、オレのほうが彼らに驚いているくらいだがな。

やっぱり、オレとこいつらは出来が違うようだな。

「はい。騎士を貸していただければ、必ずクレストを見つけ、ここに連れてきましょう」

「そ、そうか……っ！　だ、だが……見つけたとして連れて来れる確証はあるのか？」

「ええ。オレが説得してみせましょう」

オレが自信を前面に押し出すようにしてそう言うと、父は嬉しそうに微笑んだ。

「それじゃあ……騎士は自由に使うといい。おまえに任せよう。他に、何か意見のある者はいるか？　いないようなら、今回の件はアリブレットに一任しようと思う」

意見は誰からも上がらない。そりゃあそうだろうよ。

オレの提案を断ったとしたら、今度は他の奴が命をかけて下界におりる必要があるんだからな。

立ち上がった父がオレのほうにやってきて、肩を叩く。

オレは笑みとともに一礼をし、ハバースト家の会議は終了だ。

兄たちは未だ自分の安全を考えているようで、何やらぶつぶつと呟きながら去っていく。

そんな彼らの背中を見送り、部屋へと戻ったオレは、騎士に用意させた奴隷の首輪を確認していた。

「これが犯罪者に使用される奴隷の首輪だな？」

オレの言葉に、騎士がこくりと頷いた。

「使い方は？」

「まずは意識を奪い、無理やり首輪をはめます。そうすれば、着用者の言うことを無理やり聞かせることが可能です」

騎士の言葉に、オレはにやりと笑みを浮かべる。

「なるほどな」

オレはそれを旅用に用意していたカバンへとしまう。

「で、ですが……これはあくまで犯罪者にもちいられるものです。今のクレスト様に使って、万が一それがバレてしまったら――」

騎士は青ざめていた。

まったく、小心者だなこいつは。

オレは奴隷の首輪を片手で弾ませるようにしながら、口元を緩める。

「あいつは、オレたちにはっきりと『ガチャ』の効果を伝えなかった。それだけで、十分犯罪に値するからな」

オレの言葉に、騎士は唇をぎゅっと結び、ゆっくりと頷いた。

……思わず、口元に笑みが浮かんでしまう。

オレにとって、クレストの件はチャンスでしかない。

もちろんオレも危険な下界の捜索などしたくない。

だが、少し考えれば、ハバースト家で生き残る上でオレの選択がもっとも正しいことだと分かるだろう。

捜索して発見できれば、クレストに誰よりも早く接触できるということでもある。

つまり自分だけは助けてもらえるように交渉することだって可能だというわけだ。

今、この家で尻尾を振るべき相手は父でも兄たちでもない。

悔しいが、クレストだ。

自分の命を、そして将来の立場を守るためにもクレストに尻尾を振る必要がある。

だが、オレだって馬鹿じゃない。

クレストがオレの説得に首を縦に振るとも思っていない。

これまで、クレストには色々としてきたからな。

だから、クレストに奴隷の首輪をつけ、オレの操り人形にする。

そうすれば、オレ以外の人間を追い込み、オレだけが有利な立場をもぎ取ることだって可能だ。

やろうとすれば、オレがこの家の跡継ぎにだってなれるだろう。

……見てろよ、イギリル。

オレは長男であるイギリルを思い出しながら、ほくそ笑む。

これまで、散々次男に生まれたことを馬鹿にされてきた。

オレはずっと、おまえの寝首をかくために準備をしていたんだからな。

完璧すぎる自分の作戦に、ただただオレは笑い続けるしかなかった。

○

下界と上界の移動は、転移魔法陣だけではない。

……下界と上界が直接接触してしまっている場所があるのだ。

そこはゲートと呼ばれている。

上界と下界の間にはやや下り坂の長いトンネルがある。

その上界側には、はるか昔に強固な門が作られ、今もなお固く閉ざされた巨大な門があった。

門では、上界を守護するための下界の監視者《ゲートキーパー》と呼ばれる人々がいる。

今オレは彼らとともに門を歩いていた。

オレは引き連れてきた騎士とともに下界へとつながるトンネルを眺める。

「ここから先はお暗いですので」

「ああ」

オレは顎をしゃくり、騎士に明かりを持たせた。

下界の監視者が渡してきた灯りは、木の棒の先に魔石をつけたものだ。

魔力を吸収することで光を放つ魔石が、淡い光でもってトンネルの先を照らしてくれた。

「……王の指示があってから、我々は捜索範囲を拡大していきましたが、現在のところクレスト様は見つかっておりません」

「そうか。ふん、まあおまえたちのような犯罪者どもなんてアテにはしていないさ」

下界の監視者、なんて言われているが……所詮犯罪者の集団だ。

この門を守る人々は、全員奴隷の立場に落ちた犯罪者なのだ。

というのも、やはり危険を伴う仕事だ。昔は名誉ある仕事だとか騙して人を派遣していたようだが、今ではなりてがいない。

だから、罪人たちをこの門へと送り込んでいた。

元々は犯罪者であるが今は一応、名誉ある仕事につけているのだから牢にぶち込まれるよりはよっぽどマシじゃないか？

まあ、そんな負け犬のような彼らのことなど今はいいか。

トンネルを歩き、下界へと降りていく。

やがて、トンネルの先へとついた。

広大な森が広がるそこに、オレは小さく息を吐いた。

大自然だな。見たこともない植物が数多く存在していた。

「このあたりからは魔力が濃くなります。体などの動きを阻害することもあるため、慎重にお進みください」

「ふん、おまえたち下界の監視者と違い、ここにいる騎士たちは皆優秀だ。余計な口出しをするな」

オレがそう言うと、下界の監視者は怯えた様子で頭を下げてきた。

それから彼は、軽く魔物についての説明をした。

門の案内役としてついてきた下界の監視者は、オレのほうを見てその先についての説明をしてきた。

門の先にはゴブリンがいて、さらにその奥に行くとウルフがいるらしい。

とにかく、危険、危ないということをアピールしてくる下界の監視者がうっとうしくて仕方なかった。

「ゴブリンもウルフも見たことはないが、大した魔物ではないだろう。こっちは精鋭の騎士だぞ？」

オレが今回の調査で連れてきた騎士の数は20人だ。

ゴブリンもウルフも弱い魔物として聞いたことがある。まさか、騎士が下界の監視者共に劣るはずもない。

「……はい。ですが、騎士の戦いは対人戦に長けております。魔物相手では、多少なりとも感覚が変わってくるはずです。それに、この大地。……魔力が濃いでしょう？　これが、本当に負担になってくるんです」

「それはお前たちが無能だからだろう？　騎士を愚弄《ぐろう》するのか、いい身分だな」

「そ、そんなことはございません。た、ただ……油断だけはなさらぬように。上界の魔物に比べ、下界の魔物たちは手ごわいです。同じ感覚で戦っては命を落とすことになります」

「そうか」

……何を言っても無駄だな。

下界の監視者たちは戦士でもなければ、騎士でもない。

臆病な犯罪者集団だ。

訓練された騎士たちが、彼らに負けるはずがない。

「下界は奥に行けば行くほど、危険を伴います。誰か一人でも怪我をしたら、すぐに帰還した方がよいです」

「ふん、それを決めるのはこのオレだ。おまえたち、行くぞ！」

クレストに出会うまで引き返すわけにはいかない。

このまま奴が戻ってくるのをじっと待っていては、オレ自身の立場だって危うい。

オレは騎士たちとともに、下界へと一歩を踏み出した。

第９話　「小麦」

俺が調べたかったことはミツベアーと戦えるかどうか……それともう一つある。

ウルフとゴブリンが魔物を倒した場合、ポイントがもらえるのかどうかだ。

それを検証するために二体を鍛えた部分もあった。

とりあえず、ミツベアーを倒せるだけの力があるのは分かった。

なので、これからは新たな魔物を探しに行こうと思う。

俺はファングシープたちがいた地域を調査していく。

海側へと行くと、森が終わり岩肌、崖を見ることもできた。とても良い景色だ。

この辺りには何もいないか？

ウルフはどうやらあまり潮の臭いが好きじゃないようで鼻をきゅっとするように顔を顰《しか》めている。

俺のほうにやってきて、訴えるように鼻を体にこすりつけてくる。

そして、早く帰らない？　といった目でこちらを見てくる。

この辺りは魔物もいなそうだしな。もう少しだけ歩いて、何もいなければこのまま戻ろうか。

ウルフのモフモフを堪能するように頭を撫で、進んでいく。

ウルフを撫でると、ゴブリンも撫でてほしそうにこちらに来る。

ここ最近は、全員に体を洗うよう指示を出しているので臭いの問題はすでにない。なので、ゴブリンの頭も撫でてやった。

甘えたような声をあげるゴブリンと入れ替わるように、ウルフもこちらにすり寄ってくる。

「ゴブー」

……今のところ、二体には懐かれているってことでいいんだよな？

いつか俺を裏切るための演技とかだったら大した演者だ。

俺は周囲を見ていく。

魔物はいないが、色々と見慣れない植物がある。

ただ、食べられるものはなさそうだった。景色を楽しむような感じでウルフ、ゴブリンと移動していく。

段々と離れ、潮の香りもしなくなり、ウルフも落ち着いてくれた。

そんなウルフの背中に、ゴブリンが乗っている。

二体は随分と仲良しだ。

……もう少しウルフが大きければ、俺もゴブリンみたいにウルフに乗って探索ができるようになるのだが。

一度は乗ってみたいと思いながら、地図化術を発動する。

まだ空白だった北の辺りの地図を埋めていた時だった。

感知術に魔物の反応があった。

どこだ？

ウルフも鼻で分かったようで、訴えかけるようにこちらを見てくる。感知術をたどってみたが、ん？

……近くに魔物がいる。それは分かるのだが……正確にとらえることはできない。

凄い近くなんだよな……どこだ？

俺が周囲を見ていた時だった。

ウルフがある方を見て唸った。俺もそちらに顔を向けると、不自然な木を発見した。

「……木に化けた魔物か」

「がう……っ」

ウルフのおかげで気づいた。

先ほど発見した魔物は完璧に木へと擬態していた。

俺は鑑定を使って正体を暴く。

ウッドヒュードという魔物だ。

よくよく見ると、葉などが少し変なので分からないでもないが……この辺りの探索をする時は気をつけないとだな。

知らずに隣を歩けば、奇襲を仕掛けられることになる。

「……ウルフ、ゴブリン、戦ってみてもらえるか？」

「ゴブ！」

「がるる」

二体がそれぞれ元気よく返事をし、ウッドヒュードへと接近する。

相手は初めての魔物なので、いつでも助けられるように準備はしておく。

ゴブリンがハンマーを叩きつけると、めきめきとウッドヒュードの木にヒビが入った。

さすがの馬鹿力だ。

ウルフが噛みついた。しかし、ウッドヒュードの体に牙は通らず、ウルフはすぐに離れた。

かなり、頑丈なようだ。

腕のような幹をしならせてゴブリンを殴り飛ばした。

ゴブリン、ウルフよりもステータスは高い魔物のようだ。しかし、ゴブリンは　腰に下げているポーチからポーションを取り出して飲む。

ウルフも体にポーチを付け、一つだけならポーションが飲めるような位置に設置してある。

ある程度長期戦になるだろう。俺はガチャ画面を開き、ポイントが入るかどうかを見守っていた。

……頼むから、二体に倒してほしい。俺が手を貸してしまうと、ポイントが入る条件が断定できなくなるからな。

ゴブリン、ウルフの戦いはそれから五分ほど続いたが……何とか倒してくれた。

倒れたウッドヒュードの身体をゴブリンが踏みつけて、ハンマーを掲げている。ウルフは俺のほうにやってきてお座りをしたので、顎の下を撫でてやる。

……そしてポイントは、増えた。

２００ポイントだった。ポイントはもうちょっと多くても良いと思ったが、とりあえずこれで一つ検証できたな。

俺が仲間にした魔物がポイントを獲得できる魔物を倒した場合、ちゃんと入るようだ。

これなら、新規の魔物を俺が一人で淡々と狩る必要がなくなる。

例えば、俺、ゴブリン、ウルフで別々に行動して狩れば、単純計算ではあるが効率は三倍となる。

問題があるとすれば、ゴブリン、ウルフが強くなりすぎてしまう可能性くらいだな。

俺よりも二体が強くなると、少し不安だということだ。

まあ、その分俺も強くなれば、ご主人様としての立場は守られる……よな？　不安だが、きっと大丈夫。信頼されるご主人様になれるように、頑張らないとな。

ウルフとゴブリンの頭を撫でながら、そんなことを思っていた。

さらにその地域を探索していく。

俺も戦いに加わり、三人でウッドヒュードを倒していく。

○

訓練のおかげで俺もだいぶ成長したので、まったく問題なかった。

ウッドヒュードを探しながら、別の魔物を探していると……また感知術が反応した。

ウッドヒュードではない。ウルフがある一点へと視線を向けた。

今度は岩か。ごつごつとした岩に俺が石を投げつけると、動き出した。

ストーンロックという魔物らしい。

ごつごつとした岩から、足と手のようなものが生えてこちらを見てくる。

この辺りは擬態した魔物が多いな。常に緊張感をもって移動する必要がありそうだ。

それにしてもこのストーンロックという魔物は、滅茶苦茶硬そうだな。俺は早速、先ほどから試していた連携技を行う。

ストーンロックがこちらを睨み、腰を落とした。何か仕掛けてくると思ったが、それより先に召喚を行う。

場所はストーンロックの背後。そこに、ゴブリンを召喚する。

召喚が完了すると、ゴブリンがストーンロックの背後に現れる。

連続で使いまくることは今のところできないが、先制攻撃程度なら今のようにかなり有効だ。

ゴブリンがハンマーを振り下ろすと、そこでストーンロックは背後を取られたことに気づいたようだ。

ゴブリンの一撃が当たる。しかし、ストーンロックはそれを受けきった。

さすがに見た目の通り頑丈な魔物だな。ゴブリンが距離をとると、ストーンロックの口から石《いし》礫《つぶて》が飛んできた。

「ゴブリン、気をつけろ！」

「ゴブーっ！」

ハンマーでいくつかを弾いたゴブリンだったが、すべてを捌くことはできず額に当たっていた。

痛そうに顔をゆがめているが特に怪我はしていないようで、ほっとする。

ウルフに、ゴブリンの回収を任せながら、俺は水魔法を準備する。

レベル3になった魔法は、攻撃魔法としても使えるようになった。

俺は水魔法を放ち、ストーンロックの身体へとぶつけた。ストーンロックの身体がよろめく。

……魔法が効くようだ。

こっちを向いたストーンロックの攻撃を避けながら、次の水魔法を準備する。ゴブリンとウルフがこちらの様子をうかがっている。

ストーンロックに連続で魔法を当てると、ストーンロックが動かなくなった。

こんなところか。

何とか仕留められたな。入ったポイントは200だ。……200の次は来ないのだろうか？

期待はずっとしているんだけどな。

「ゴブブ」

額を押さえ、涙目になっているゴブリンに俺はポーションを渡した。

ポーションをごくごくと飲んでひとまず治療をしていたゴブリンを見ながら、俺はストーンロックの死体を眺めていた。

ストーンロックはちょっと厄介だな。近接攻撃だと中々ダメージは与えにくいようだ。

俺が撃てる魔法の一撃は、そこまで強くないからな。魔力が高いのでどうにかなっているかもしれないが。

とりあえず、武器の見直しとかもしないといけないな。

確か、ロッドとかって魔法の威力を高める効果があるんだったか？

とにかく、細かいことは拠点に戻ったときに考えるとしようか。

「ゴブブ」

「がう！」

ゴブリンはすっかり元気になったようで、ウルフとともにまた遊んでいた。その姿に和みながらも、俺の心の中で僅かに不安がうごめく。

先ほどの戦闘でゴブリンは随分と攻撃を受けてしまった。これから先に進んでいくとなると、こういったことは増えていくだろう。

少し心配な部分もあるが、そういったのを差し引きすればやはり三人で魔物と戦えるのは心強い。

二体に死んでほしくはないが、こういう初めての魔物との戦いで様子見が出来るのはありがたい。

これまで、初見の魔物に何度か驚かされたからな。

ストーンロックの死体を調べていると、アイアン魔鉱石がいくつか見つかった。

こいつ、アイアン魔鉱石を生み出せるのだろうか？　それとも単に餌として食べているのか？

これまで地面から出ているアイアン魔鉱石くらいしか手に入れる手段はなかったが、ストーンロックを仕留めて手に入れられるとなれば話は変わってくるんだが。

他にも仕留めてみて、確かめないとだな。

「ゴブリン、ウルフ……まだいけるか？」

「ゴブっ」

「がるるっ」

二体ともやる気の炎を目に宿らせる。

……よし、魔物に気おされているということはなさそうだ。

ここで狩りを続けていれば、二体のステータスも上がってくるだろう。

しばらく、ここでポイントを稼いでいこうか。

〇

とりあえず５０００ポイント稼いだところで、俺たちは拠点へと戻った。

……結構深くまで行っていたようで、拠点まで戻るのに非常に大変だ。

途中に、休憩所みたいなのを造るのもいいかもしれないな。木さえあれば、家をすぐに建てられるからな。

仮拠点、みたいなのを検討していると、ようやく拠点が見えてきた。

今日の探索は満足のいくものだったな。

文句があるとすれば、ストーンロックとウッドヒュードはどこも食べられるところがなかったことくらいか。

なので夕食は、途中で発見したファングシープの肉を回収しておいた。

夕食の準備をするため、ゴブリンにメニンジンとジャガンモを収穫してもらう。

……そろそろ、鍋でも作るか。

ストーンロックを何体か倒したが、そのすべてがアイアン魔鉱石を持っていた。

今は、アイアン魔鉱石に余裕がある。今のうちに、生活用の鍋を作っておこうと思った。

鍋は料理をする上で便利だと、使用人から聞いたことがある。確かに、肉と野菜を入れて煮込めば、それだけで一つの料理ができるからな。

鍛冶術で鍋や包丁を作る。それらをしまっておくための木箱も作成しておいた。

まな板も一緒に用意して、ゴブリンへと視線を向ける。

「ゴブリン、メニンジンとジャガンモを食べやすいサイズに切れるか？」

「ゴブ！」

とりあえず、最初に俺がお手本を見せてから、ゴブリンに調理をお願いした。

初めは少し不器用にしていたが、すぐに慣れてきた。

ゴブリンは大丈夫そうだな。

初めの賢さならまずできなかっただろうが、今はステータスが成長したので大丈夫そうだ。

これなら、他にも難しい作業をお願いできるかもしれない。

とりあえず、料理をゴブリンに任せ、俺も自分の仕事に専念することにした。

そろそろ、牛牙剣とはお別れだ。

俺はファングシープの牙を組み合わせ、新しい剣を作成するつもりだ。

牛牙剣、これまでありがとう。

そんな感謝とともに、新しい剣の作成へと移る。

牛牙剣をもとに、ファングシープの牙を組み合わせる。

そうして、鍛冶術を発動する。

……その結果、出来上がったのは——羊牙剣だ。

『羊牙剣　耐久値　４００／４００』

スキルが付与できる個数は一つか。

ついでに付与魔法も行おうか。

候補として出てきたのは３つだ。

『力強化　レベル２』、『破壊術　レベル２』、『貫通術　レベル２』か。

付与魔法がレベル２になったからか、すべてレベル２で付与できるようだな。

さて、どれにしようか。

ひとまず、力強化はないな。ステータス強化のものと同じものみたいだし、必要ないだろう。

破壊術、貫通術はなんだろうか？　鑑定で調べてみよう。

『破壊術。魔物を殴った場合に威力がアップする』

なるほど。どちらかというとハンマー等の武器のほうが輝くか？

『貫通術。魔物への刺突によって威力がアップする』

剣ならばこちら、か？

なるほどな。突くか、殴るか……か。

破壊術のほうが良さそうな気がする。

というのも、刺突は危険が多い。その一撃で仕留められないと魔物の体に剣が突き刺さったままになってしまうからだ。

俺は回収しておいた魔石を使い破壊術を付与して、新しい羊牙剣を腰に差した。これから、頼むぞ。

「ゴブー！」

ゴブリンに呼ばれてそちらを見る。

まな板にメニンジンとジャガンモを切り揃えて並べていた。

ちょうど、そちらも切り終わったようだ。

「それじゃあ、それを鍋に入れて水を用意してと」

それらを鍋に入れ、水を入れる。一緒に肉も放り込み、塩で味を調える。

スープを作るつもりだ。味は分からないが、肉が頑張ってくれるだろう。

建築術で石かまどを作り上に鍋を置き、火をつけ、それからゴブリンを見た。

「それじゃあゴブリン。鍋を見張っておいてくれ」

「……ゴブ！」

ゴブリンにその番を任せたのは、やることがあるからだ。

それはもちろん、ガチャだ。

現状のスキルを強化するために、さっさとガチャを回してしまおう。

今はかなり心の余裕があるので、ある程度どんな結果でも受け入れられるな。

それでも、良いスキルが欲しいのは事実だ。

頼むぞ！　神様！

俺はいつものごとく神様に一度祈ってから、ガチャを回す。

もちろん、回すガチャは十一回ガチャだ。

宝箱が眼前に現れ、金色に輝く。

まあ、これなら虹色は一つだろう。

他のスキルが色々手に入るため、悪くはない。

宝箱へと触れると、その箱が開き、玉が飛び出した。

銅色五つ、銀色二つ、金色三つ、虹色一つ、か。

ちょっと銅色が多いけど、金色も三つあるし、まあいいか。

すべてのスキルがレベルアップしてくれる可能性があるので、それを期待しておこうか。

まずは銅色からだ。

《銅スキル》【力強化：レベル1】【器用強化：レベル1×2】【俊敏強化：レベル1】【魔力強化：レベル1】

ここはいつも通りだな。ステータスの強化も段々と恩恵が強くなってきたから悪くはない。

よし、次行こうか！

次は銀色だ。

《銀スキル》【採掘術：レベル1】【仕立て術：レベル1】

採掘術はこれまで一度も使っていないんだよな。

それとも実はストーンロック相手に発動していたのだろうか？

仕立て術はいいな。着心地の良い服に悪いことはないからな。

とはいえ、ここまでの結果はそこまで良くない。

次の金色から巻き返してほしいところだ。

《金スキル》【土魔法：レベル1】【火魔法：レベル1×2】

珍しいスキルはなかったかぁ。

スキル自体は悪くないんだけどな。

最後は虹色だが……まあどれが出てもといったところだ。

もちろんレベルアップは嬉しいが、ピックアップのうちのどれかが出るのは分かっているからな。

しいてあげるなら、魔物指南が欲しいな。よりゴブリンとウルフを鍛えてやりたい。

《虹スキル》【魔物使役：レベル1】

魔物使役……まあ、レベルアップするしな。より仲間にしやすくなるかもしれない。

ゴブリンとウルフを仲間にするのも結構大変だった。

そう考えると悪くないな。

……と前向きに考えたが、今回のガチャはどちらかというとハズレだな。目新しいスキルはなかったし。

まあこれまで運が良かったんだから、たまにはこういう日があっても仕方ない。

とはいえ、５０００ポイントを稼ぐのは結構大変なので、ちょっとだけショックだったというのはあった。

とりあえず、スキルレベルを強化し、ステータスを確認していく。

『クレスト　力１４５（＋７）　耐久力１３２（＋５）　器用１１３（＋４）　俊敏１３７（＋５）　魔力１８０（＋７）』

『名無し（ゴブリン）　主：クレスト　力１１０　耐久力95　器用27　俊敏83　魔力12　賢さ33』

『名無し（ウルフ）　主：クレスト　力90　耐久力72　器用50　俊敏１１０　魔力17　賢さ61』

ゴブリンとウルフも随分と成長しているな……。

ゴブリンのもっとも優秀な力と、ウルフのもっとも優秀な俊敏が俺の一番低いステータスに近い数字になってきた。

本当に、俺より強くなる時もあるかもしれない。

ま、負けないように頑張らないとな。

次に俺はスキルを確認しようとしたところで、ゴブリンが呼びかけてきた。

「ゴブ！」

鍋がぐつぐつと煮えてきたようだ。

俺は鍋を掴み、火から離した。特に置く場所は決めていなかったので、そのまま地面に置いた。

次は石かまどにフライパンをかけ、肉を焼いていく。

そうしながら、俺は木のスプーンを作り、先ほどのスープを鍋からすくって手元の木の器に入れていく。

ゴブリンにそれを渡し、俺も自分の分を作る。

ウルフも食べたいようなので、ウルフが食べやすいサイズの皿を作り、スープをよそった。

「みんな熱いから気をつけろよ」

「ゴブ⁉」

ゴブリンは俺が言う前に口をつけ、目に涙をためていた。

まったく、そんなにお腹すいていたのか？

そのあたりウルフはさすがに賢い。これが賢さの差か……。

俺も冷ましながらスープをまずはすする。

う、うまい⁉　想像以上に肉のダシが出てくれている。

ただ、色々と足りない部分がある。

うーん、やはりスープを作るにはもう少し調味料が欲しいな。

それでもうまいことには変わりない。肉、メニンジン、ジャガンモを口に運び食べていく。

……ああ、メニンジンは本当に甘い、ジャガンモもおいしいっ。

こうして野菜が増えたことで、味の幅がかなり広がったな。

そしてやっぱり締めは肉だ。

皿からすくうようにして、俺は肉をフォークで突き刺した。

そして、口へと放り込む。野菜のスープと絡み合ったファングシープの肉も頬がとろけるほどにうまい。

フライパンで焼き終わったステーキもみんなで分けて食べた。

……はぁ、うまかった。

新しい魔物は食べられる部位がなかったから残念だが、次の新しい魔物には期待したいな。

そんなことを考えながら、俺はスキルを確認した。

《銅スキル》【力強化：レベル5（1／5）】【耐久力強化：レベル4】【器用強化：レベル4（1／4）】【俊敏強化：レベル4（1／4）】【魔力強化：レベル4（2／4）】

《銀スキル》【剣術：レベル3（1／3）】【短剣術：レベル2（1／2）】【採掘術：レベル2】【釣り術：レベル2】【開墾術：レベル2】【格闘術：レベル2】【鍛冶術：レベル2】【仕立て術：レベル2】【飼育術：レベル1】【地図化術：レベル2】【採取術：レベル1】【槍術：レベル2】【感知術：レベル2】【建築術：レベル1】【魔物進化術：レベル1】

《金スキル》【土魔法：レベル3（2／3）】【火魔法：レベル4】【水魔法：レベル3（1／3）】【風魔法：レベル3】【付与魔法：レベル2】【光魔法：レベル2】

《虹スキル》【鑑定：レベル3（MAX）】【栽培：レベル3（MAX）】【薬師：レベル3（MAX）】【召喚士：レベル2】【魔物指南：レベル1】【魔物使役：レベル2】
《余りスキル》【鑑定：レベル1】【薬師：レベル1】

○

翌日。

ストーンロック、ウッドヒュードを倒しながら、そのエリアを探索していく。

そうして、しばらく歩いていた時だった。

……あった。

俺の鑑定があるものを見つけた。

それはストーンロックがいた周辺よりもさらに進んだところだった。

小麦が並ぶ場所を発見したのだ。

俺も小麦は数えるほどしか見たことがなかったが、記憶にある小麦よりも随分と大きい。

やはりこの下界という特殊な環境が、植物に影響を与えているのだろう。

ただ、小麦はこのままでは食べられない。

脱穀、製粉とやるべき過程が色々ある。

……小麦を見つけたことは嬉しいが、それらの過程は滅茶苦茶大変だからな。

脱穀は手作業、製粉も同じくだ。

生活のためには仕方ないと思うが、かと言ってあまりそれに時間をかけていてもな……。

色々調べながら、俺は料理術をまず見た。

料理術にも、素材を用意すれば料理を短縮して作るというスキルがあるからな。

それで小麦の脱穀、製粉などすべて自動でやれるようだ。

ただ、以前肉を食べた時にも分かったが、自力でやったほうがよりおいしいものが出来上がる。

……一度、食べ比べてみたいという気持ちが湧き出る。食事は俺の数少ない楽しみだからな。

何か急ぐようなことがあるわけでもないので、俺は少し挑戦してみることにした。

まずはスキルで確認していく。

ゴブリンに脱穀などを任せてしまうのも一つの策だが……他に何かないだろうか。

脱穀、製粉を楽にするためのものがないか……それを調べていると、鍛冶術に面白いものがあった。

脱穀機と呼ばれるものがあった。製粉に関しても石臼などがある。

……ひとまず、すぐに作れるのはこの足ふみ脱穀機というものだ。

木材とアイアン魔鉱石を用意すればできるようだ。……石臼も石を用意すれば作れるな。これは、川の近くにあった石を探せばできそうだ。

……とりあえず、小麦の種を回収し、俺たちは魔物狩りを続けていった。

魔物を狩った俺たちは、その日帰ってすぐに小麦の種を蒔く。

栽培スキルのおかげで、蒔き方などは分かる。

三日か。三日後まではのんびりと生活しようかな。

○

それから三日経過し、小麦が回収できるようになった。

早速小麦を回収し、また耕して土を復活させてから、小麦の種を蒔いていく。

さて、ここからが本番だ。

小麦を使って、脱穀、製粉を行っていくことにした。

この辺りは……料理術のおかげで知識が浮かんでくる。

脱穀、製粉に関しては脱穀機、石臼を使えば問題なくできた。

脱穀機に関しては色々な種類があるのでどれがいいのか迷ったが、結局この足ふみ脱穀機が現在ある素材の中だと一番良かった。

そうして粉にまでした小麦を、ひとまずはパンにしようと考えた。

他にも色々とあるが、俺はパンが食べたかった。料理術を駆使してパンを作っていく。

パンを作るためにはイースト菌というものが必要なんだそうだ。

だから、それも事前に用意してある。それが必要だと分かった段階で、お湯とともに果物をつけておいた。

俺もどうやるのか分からなかったが、料理術のおかげで失敗することなくできた。

グレープンのエキスと組み合わせ、生地を作成。その後、しばらく寝かせておくと、生地がふっくらと膨らんだ。

あとはこれを焼けばいい。

パンを焼くための石窯も造り、俺はパンを焼いていった。

熱に関しては火魔法で何とか補えている。

特に形などにはこだわらず、パンを焼いていく。

窯でパンを焼いたことなんてないが、料理術のおかげか俺は一流のパン焼き職人のようにパンを焼けた。

パンがしっかりと焼けたところで、取り出す。

おお、うまそうにこんがり焼けているな。

パンを取り出した俺は、それを半分にちぎる。ふっくらと中まで焼けている。

「ゴブ！」

「がるるっ！」

ゴブリンとウルフも食べたそうにこちらを見てきた。

こいつらは本当に雑食だな。

二体に食べさせる分を用意し、それぞれに渡した。

それから口にパンを運んだ。

ほのかにグレープンの匂いが香る。グレープンのエキスを混ぜたからだろう。

これからも、新しい果物が手に入ったらそれと組み合わせて作るのもいいかもしれない。

とりあえず、パンは非常においしかった。

俺はそれに満足していたが、まだやるべきことがある。

次は料理術ですべての過程を省略して、パンを作る。

そうすると、やはり味は数段落ちてしまう。

それでもまあ、うまい。うまいが……物足りない！

そう感じてしまう。

どこまで省略すれば味に大きな変化がでないか？　次の検証はそこに移る。

まず小麦のほうだ。脱穀、製粉などはすべてスキルで済ませる。

グレープンのエキスを混ぜてパンをこねて、焼いてみた。

出来上がったものは……まあ、最初に食べたものとほとんど変わらないか？

それじゃあ、グレープンのエキスは料理術で……。そんなこんなで試行錯誤したところ……まあ、三つ程度の過程なら飛ばしてしまってもそこまで味に変化がないことが分かってきた。

俺としては、脱穀、製粉に関しては時間も機材も必要なのでそれを省略したい。

あと一つは……その日の気分で良い気がしてきた。

グレープンからイースト菌を回収するには、時間がかかる。他のものもそうだが、三日程度だ。

ただ、エキスに関しては保存もある程度できるようだし、毎日念入りに何かをしなければならないわけでもない。

なので、この過程も料理術に任せる必要はなさそうだ。

まあ、俺的には脱穀、製粉は無視していいんじゃないか？　という結論に至った。

ああ、せっかくやる気出して機材を鍛冶術で作ったのにもったいない。

けどまあ、それが満足できる程度で一番のおいしいラインだった。

とりあえず新しくパンが作れるようになったので、俺は非常に満足していた。

これからは他にも色々と作りたいものがある。

例えば、今回は牛乳なしで作ったがパン作りにも、牛乳が必要になる場合がある。牛乳は牛から回収できる。

だから、それを回収するためにブレイドカウを仲間にしたい。

あとは蜂蜜。蜂蜜なら蜂が詳しいだろう。ちょっと怖いが、ポイズンビーを仲間にしたい気持ちもある。

仲間の魔物を増やし、それで色々と回収できるものも出てくるだろう。

サハギンあたりが仲間になれば、海の探索もできるようになるかもしれない。

とりあえず、明日からは仲間の魔物を増やすことも考えるか。

新しく仲間ができるのなら、今いるゴブリンとウルフにはそのしつけ役をお願いしたい気持ちもある。

名前、そろそろつけようかな。

おいしそうにパンを食べている二体を見る。

ウルフとゴブリンを呼ぶ時だって種族名よりかは、名前で呼んだ方が連係がとりやすいはずだ。

最近はゴブリンやウルフとは戦っていないが、これからも戦うことはあるだろうし。

閑話 「アリブレット・ハバースト２」

トンネルを抜けた先、その森をオレは歩いていた。

「気持ち悪いな、この魔力が張り付く感覚は」

「……そうですね。ここに長時間いるだけで気分が悪くなりそうです」

魔力は想像以上にオレたちの行く手を阻んでくる。とはいえ、それで引き下がるつもりはない。

道をかきわけるように騎士が剣を振り、進んでいく。やはり鬱蒼《うっそう》と茂っていて先の様子はまったく窺うことができなかった。

ここから、クレストを見つけ出すというのは途方もないことのように思えるが、こっちだって馬鹿じゃない。

見つけ出すための準備くらいはしている。

「探知スキルを使う者は常に使っておけ。魔物でも何でも、反応があればすぐに報告しろ」

「分かりました」

探知スキル持ちの騎士を五人連れてきた。

彼らに探知を任せながら、オレたちは森を移動していく。

それから一時間ほど歩いたが、中々騎士たちから有益な報告はなかった。

それどころか、魔物に襲われることもない。

下界というのは、拍子抜けするほど危険も何もない場所だった。

「なんだ、これは。つまらないな」

クレストが見つからないのはもちろん、もっと魔物どもが襲ってくると思っていた。

奴らを殺し、その成果とともに上界に帰還しようと考えていたのだ。

魔物を殺すことは名誉なことだからな。それも複数倒せれば、オレ自身の評価が向上することだろう。

何より、下界の監視者たちの、オレを心配するような態度が気に食わなかったので、それを見返すため、大量に魔物を殺してやろうと思っていた。

下界というのは、実はそれほどでもないのだろうな。

犯罪者になれば下界送りにされる。下界が怖いところだと言っておけば、犯罪者も減るだろうという考えなのだろう。

半日ほど探知スキルを使用しながら移動していった。

……ありえない。

オレを含め、騎士の全員が息を切らしていた。

なんだ、こいつら。本当に精鋭の騎士か？

オレがだらしない彼らを見ながら、呼吸を整えていると、一人が声をあげた。

「アリブレット様。……皆の魔力が減ってきました。今日はこのあたりで一度引き返しませんか？」

何を言っているんだ。

まだロクに進んでもいないというのに、騎士はそんなことを言っていた。

「なに？　まだ何の証拠もつかめていないんだ。それに陽はまだ出ている。陽が沈むまではこのまま進むぞ」

「で、ですが……」

「おまえたちは精鋭の騎士だぞ？　まさか、下界の監視者のように怯えているわけではないだろうな？」

オレが煽るように言うと、騎士たちは少しだけむっとしたようだ。

とりあえず、全員やる気を取り戻したようだな。

それから、歩みを再開し、自身の手腕について満足する。

やはりオレは人を使うのがうまい。自分にほれぼれとする。

どう考えても、オレが家を継ぐのにふさわしい。

……あんな無能な長男が家を継ぐなんて認めないからな。

必ずクレストを連れ戻し、オレがあの家のトップに立つ……！

しばらく歩きながらそう思っていた時だった。

「ゴブ‼」

木々の上からゴブリンが降ってきた。

……まさか⁉

驚きながら騎士が剣を握る。だが、ゴブリンが振りぬいた一撃が騎士の頭を殴り飛ばした。

普段の騎士ならば、恐らく反応できていたはずだ。

高密度な魔力、そして疲労。それが原因で、騎士の動きが遅れたんだ。

続いてゴブリンが近くの騎士へ棍棒を振りぬいた。騎士は遅れて鞘《さや》から剣を抜いて受けた。

しかし、吹き飛んだ。

馬鹿な！　小さな子どものようなゴブリンのどこにそんな力が！

騎士たちがうろたえる中で、オレはすぐに声を荒らげた。

「おい、探知はどうしたんだ⁉」

「ま、魔力がもうほとんどなく、探知がうまくできないんですよ！」

ちっ、無能が！

「くそっ！　とにかく、すぐに全員剣を握れ！　ゴブリンはたかが一体だ！　囲んで斬りかか
――」

何も焦る必要はない。そう思いながら指示を飛ばしたオレだったが、別の場所から悲鳴があがる。

ゴブリンたちだ。さらに数は増え、合計五体。

騎士の何名かが奇襲によって動揺していたため、反応に遅れる。

「おいおまえら！　騎士の癖に、ゴブリンの奇襲にも気づけないのか！　背後だ、背後を取られているぞ！」

オレが怒鳴りつけ、スキルを準備する。

オレが与えられたのは魔法系スキル、火魔法だ。

鍛えたオレのスキルレベルはなんと5！

トップクラスの才能を持つオレが用意した魔法は、普段から練習していたファイアキャノンという魔法だ。

片手を向け、飛びかかってきたゴブリンへとファイアキャノンを放った。

真っすぐに飛んだファイアキャノンがゴブリンの顔面に当たり、吹き飛ばし、焼いた。

「は、ハハ！　どうした、その程度か！　いでぇ⁉」

オレが笑っていると、別のゴブリンが石を投げてきた。

顔面に当たり、耐えきれないほどの痛みにその場でもだえる。

「こ、こいつら！　奇襲に、投石に……っ！　卑怯者どもめがァァ‼」

オレは剣を抜き、飛びかかってきたゴブリンへと振りぬく。

しかし、攻撃は当たらない。

彼らが持っていた棒で殴り飛ばされる。

うぐ……い、いだい。いだいよぉ。

それから意識を失いかけたオレは、がっと、腕を掴まれはっと目をあけた。

「大丈夫ですか……⁉」

周囲を見ると……戦闘は終わっていた。

ずきん、と走る痛みに顔を顰《しか》めながら、状況を確認する。

……悲惨な状況だった。

たかがゴブリン五体相手に、騎士のほぼ全員が負傷していた。

「重傷者は……何人いる？」

「ご、五名です……」

「なら、無事なのは十五人、か」

「ぶ、無事といっても……皆どこかしらに負傷しています。い、一度引き返しましょう！　態勢を立て直してから再び──」

「黙れ！」

オレは持っていた剣を騎士へと突き付ける。

「今ここで帰還してみろ！　下界の監視者どもに馬鹿にされるぞ⁉　あんな犯罪者集団にだ！　いいのか、おまえたちは⁉」

いよいよ、戻れなくなったのだ。

こんな無様に、ゴブリンたちに敗北したのだ。

これでクレストも連れてこなければ、下界の監視者たちの良いネタにされてしまうだろう。

「……で、ですが……それならこの怪我人はどうするんですか⁉」

「……ふん。ここに置いていく。帰りまでに生きていたら回収してやろう」

「そ、そんな！　お、オレはあんたにはついていけない！」

「黙れ‼」
オレは歯向かってきた騎士の首元に剣を突きさした。
それまで騒がしかった彼は、嘘のように静かになった。
それどころではない。騎士たちは皆、オレに怯えたような目を向けてきた。
……快感だった。
全員がオレに逆らえない。
これが、リーダーとしての器、というものだ。
時には恐怖で人を縛り付ける必要もある。
オレが剣を騎士たちに向けると、彼らはびくりと肩をあげた。
「ここのリーダーは誰だ？　従わないのなら、こうなるだけだぞ？」
オレはそう言ってから周囲を見る。
騎士たちは怯えた様子で立ち上がり、荷物をまとめる。
そう、それでいいんだ。
オレも服についた汚れを払いながら、さらに奥へと歩いていった。

○

それからさらに進んだオレたちが——人の痕跡を見つけた。

誰かの足跡だ。それは紛れもなく、人間のもの。もっといえば、クレストの足のサイズにかなり近かった。

オレは振り返り、五人にまで減った騎士たちへと声を張り上げる。

「おまえたち！　この足跡を追うぞ！」

第10話　「アリブレット・ハバースト」

俺はゴブリンとウルフへと視線を向ける。

今もおいしそうに肉を食べている二体を見ながら、名前を考える。

名前、か。

名前をつけた後に死なれたら、本当に悲しいことになる。

それでも、もう二体もかなり強くなった。

これから先のことを考えると、二体にはこれから仲間になる魔物たちの先輩として振舞ってほしいからな。

だから、名前をつける。

そう決断したのだが……いい名前が思いつかない。

とりあえず、このまま悩んでいてもしょうがないな。

まずはゴブリンからだ。

一応メスだし、女っぽい名前のほうがいいだろう。

それでいて、できればゴブリンと分かりやすい名前のほうがいい。

ゴブ……ゴブ……ゴブリアとか？

ゴブってつくとどうにも力強い感じがある。ただ、まあゴブリアでいいか。

「ゴブリン、ちょっとこっち来てくれないか？」

「ゴブ？」

不思議そうな様子でこちらを見たゴブリン。

ゴブリンはいつものように能天気に微笑んでこちらへとやってくる。

そんなゴブリンと向かい合う。

そして俺は、小さく息を吐く。

少し、緊張をしていた。

これからは、ゴブリンという目で見ることはできなくなる。

もしかしたら、失うことになるかもしれない。

それでも、俺はこのゴブリンを仲間として、これからも一緒に行動する。

「おまえに名前を与える。……今日からおまえは、ゴブリアだ。どうだ？　それでいいか？」

ゴブリン本人に確認をしてみるのが一番だろう。

俺の提案を受け、ゴブリンはいつもの何も考えていないような笑顔を一度引っ込めて、唇をぎゅっと結んだ。

「……ゴブ！」

ゴブリン……いや、ゴブリアは嬉しそうに口元を緩めてくれた。

その返事のあと、勢いに任せるように俺に飛びついてきたので、ひとまず受け止めた。

「ゴブリア、これからもよろしく頼むな」

「ゴブ！」

ゴブリアを一度落ち着かせながら、ウルフへと視線を向ける。

……ウルフがじっと羨ましそうにゴブリアを見ている。

たぶん、ウルフも名前をつけてほしいのだろう。

ゴブリアの喜びようから、きっと魔物たちは名前を付けてもらうことが嬉しいんだと思う。

「ウルフもこっちにきてくれ」

「……がるる」

期待するようにこちらを見るウルフ。

さて、ウルフの名前はどうしようか。

ウルフにも同じく名前を付けるつもりだ。

ウルフを少しもじって……ルフナ。

それでいいだろうな。ウルフもメスだから、女の子っぽい名前を意識した。

「ウルフ、おまえは……ルフナだ。分かったな？」

そういうと、ウルフ――ルフナはじっとこちらを見てから、俺の前にやってきてぺこりと頭を下げた。

そんなルフナの頭を撫でると、嬉しそうに目を細める。

頭を撫でるたび、ルフナの尻尾は大きく左右に揺れた。

……よし、これで二体の名づけは終わりだ。

少し緊張していた俺はそれから二体のステータスを確認する。

『ゴブリア（ゴブリン）主：クレスト　力１５２　耐久力１２０　器用30　俊敏１００　魔力13　賢さ35』

『ルフナ（ウルフ）　主：クレスト　力１２０　耐久力85　器用65　俊敏１６０　魔力20　賢さ80』

きちんとステータスの名前にも反映されている。

それに、名前をあげた瞬間にステータスが跳ね上がった。

どういうことなんだろうか？

というのも、ここ最近は一緒にポイント稼ぎをしていたのだが、どうにも二体のステータスの伸びが悪いのだ。

何か原因があるのかもしれないが、理由は分からない。

とりあえず、今後新たに仲間ができた場合は名づけを行い、ステータスの強化ができるのかどうか試してみる必要はありそうだ。

もしかしたら種族的なステータスの限界みたいなものがあるのかもしれない。

そのうち、魔物進化術も使えるようになるのだろうか？

今はまだ使えないようだが、これは今後に期待だな。

「がるる」

「ゴブー！」

嬉しそうに二体が体を押しつけてくる。

「ああ、分かった分かった」

あんまりにも二体が押し倒さんばかりに迫ってきたので、それをいなしていく。

しばらく、そんな二体とじゃれあったあと、俺は貯まっていたポイントを確認する。

ストーンロック、ウッドヒュードを倒してポイントは５０００まで貯まった。

……ガチャを回して、俺自身の強化も行わないとな。

「それじゃあ、俺はちょっとガチャを回すから、二体とも離れてくれ」

「ゴブ！」

「がぅ！」

俺の言葉を、二体はしっかりと理解してくれたようで一度鳴いた。

二体が少し離れたところで、俺は貯まっていたポイントを消費し、俺はガチャを回す。

眼前に宝箱が出現し、金色に輝く。

ということは、ピックアップスキルはそんなには出ないだろう。

予想通り、宝箱から出現した玉の色は銅色四つ、銀色三つ、金色三つ、虹色一つだった。

さっそく銅色から確認する。

《銅スキル》【力強化：レベル１】【俊敏強化：レベル１】【魔力強化：レベル１×２】

これはいつもの通り、ほとんどスルーだ。

次に、銀色を見る。

《銀スキル》【剣術：レベル1】【地図化術：レベル1】【回復術：レベル1】

ん!?　ここ最近運が悪かったので、流しそうになったが、回復術という見慣れないものが出てきた。

そもそも、今回の銀枠は普通に当たりのものばかりだった。

早速、鑑定で回復術を調べてみた。

『回復術　体力、魔力、傷などあらゆるものの自然回復が早くなる』

……なるほどな。思わず注目したくなるような派手な効果はないのかもしれないが、持っていれば便利なスキルであることは間違いないな。

基本的に新しいスキルが出れば当たりだと思っている。

それだけやれることの幅が広がっていくんだからな。

ただし、槍術のように使っていない武器の強化が出た場合はその限りではない。

俺は次の金枠を見ていく。

《金スキル》【土魔法：レベル1】【火魔法：レベル1】【風魔法：レベル1】

うん、無難に嬉しいスキルたちだな。

最後は、虹色だ。

最後の玉へと手を伸ばし、俺はそれを体内へと取り込んだ。

召喚士ガチャに関しては、すでにどれも手に入っているからな。ここまでくるとそこまでの期待感はない。

《虹スキル》【召喚士：レベル1】

今のところ順調にスキルは集まっている。

一つに偏るようなことがないのはラッキーだ。

レベルマックスまで上げようとすると、また被りが出てきてしまうかもしれないからな。

今月もできるのなら、レベルマックスを狙っていきたい。

俺はスキルレベルをあげていき、ステータス、スキルを確認する。

もうかなりの時間が経ち、最初と比べると、見違えるほどに成長していた。

ステータスはもちろんだが、今は二体の仲間もできた。

「ゴブリア、ルフナ。今日から新しく仲間の魔物を増やそうと思っている。手伝ってくれるか？」

「ゴブ！」

「がるるっ！」

ゴブリアとルフナが俺の後ろについてきた。

それを見て嬉しく思いながら、俺は森へと歩き出した。

……その時だった。

がさっと、何かが動いた。視線を向けると、そちらには人がいた。

「よぉ、クレスト。ようやく見つけたぜ」

にやにや、と不気味な笑みを浮かべる俺の兄である次男――アリブレットがそこにいた。

『クレスト　力156（＋7）　耐久力137（＋5）　器用117（＋4）　俊敏142（＋5）　魔力187（＋9）』

《銅スキル》【力強化：レベル5（2／5）】【耐久力強化：レベル4】【器用強化：レベル4（1／4）】【俊敏強化：レベル4（2／4）】【魔力強化：レベル5】

《銀スキル》【剣術：レベル3（2／3）】【短剣術：レベル2（1／2）】【採掘術：レベル2】【釣り術：レベル2】【開墾術：レベル2】【格闘術：レベル2】【料理術：レベル2】【鍛冶術：レベル2】【仕立て術：レベル2】【飼育術：レベル1】【地図化術：レベル2（1／2）】【採取

術：レベル1】【槍術：レベル2】【感知術：レベル2】【建築術：レベル1】【魔物進化術：レベル1】【回復術：レベル1】
《金スキル》【土魔法：レベル4】【火魔法：レベル4（1／4）】【水魔法：レベル3（1／3）】【風魔法：レベル3（1／3）】【付与魔法：レベル2】【光魔法：レベル2】
《虹スキル》【鑑定：レベル3（MAX）】【栽培：レベル3（MAX）】【薬師：レベル3（MAX）】【召喚士：レベル2（1／2）】【魔物指南：レベル1】【魔物使役：レベル2】
《余りスキル》【鑑定：レベル1】【薬師：レベル1】

○

ルフナ、ゴブリアを待機させながら俺はアリブレットを見た。
ああ、本物だ。
憎たらしい笑みを顔に浮かべている彼は……紛れもなく俺をいじめていた次男だ。
アリブレット。
彼はよく、俺を痛めつけるのが好きだった。

小さいころ、剣の訓練と言われ、真剣を使って彼と打ち合っていた。

訓練なんてのは体の良い言葉だ。

こちらが攻撃しようとすれば、周りの騎士たちを使って威圧してくる。

訓練という名の一方的ないじめだ。

俺が転べば、アリブレットは嬉々とした笑みとともに俺の足を浅く斬ってきた。

後遺症が残るようなことはなかった。ただ、足は真っ赤になるほどの斬り傷ができていた。

――大嫌いな兄の一人だ。

……なぜ、ここにいるんだ？

戸惑いと困惑が入り混じる。

ここは下界だ。上界で暮らすアリブレットがいるはずないのだ。

幻覚？　いや、確かにそこにいる彼は本物だ。

アリブレットは笑みを浮かべながら、こちらへと近づいてきた。アリブレットに合わせ、五名の騎士がともに歩いてくる。

どこか疲弊した表情の騎士たちだったが、それでも俺に気づくとどこかほっとしたような、小馬鹿にしたような表情になった。

「よぉ、クレスト。なんだ結構元気にしてるじゃねぇか？　下界の魔力は問題ねぇのか？」

「下界の魔力？」

「ああ、そうだよ。この下界の魔力ってのは人間にとっての毒みたいなものでな。おかげで、ここまで来るのにかなり疲労しちまったよ。てめぇは違う、みてぇだな」

そういえば、聞いたことがある。下界には魔力が溢れていて、普通の人間なら長時間滞在していると体力が大きく削られる、とか。

……今まで余裕がなかったため、そんなことまったく気にしていなかったな。

というか、俺の体は特に何の影響も出ていなかったしな。

アリブレットはそれが気に食わないのか、僅かに眉間にしわを寄せている。

だから、アリブレットも騎士も、どこか疲れた様子なんだな。

下界の魔力に関しては、正直どうでもいいな。今の俺にはまったく無関係だ。

今はなぜアリブレットがここにいるのか、そっちのほうがよっぽど大事だ。

「アリブレット、なんでここにいるんだ？　おまえも下界送りにされたのか？」

俺の言葉に、アリブレットの眉がぴくりと動いた。

俺が敬語を使わずに話したのも気に食わないんだろうな。

だがもう俺に立場なんてものはない。

煽るように言ったのも、そういう意図があってだ。

しかし、アリブレットはすぐに穏やかな表情で微笑んだ。

「下界送りの件は悪かったな。あれはちょっとした余興だ。迎えに来てやったぜ、クレスト」

「……迎えに来てやった？　何が余興だ。こっちは死にかけたんだぞ？」

「でも生きてるじゃねぇか。おいおい、そんな怒るなよ。ただの遊びだぜ？　何ムキになっているんだよ」

へへ、とアリブレットは小馬鹿にしたように笑う。

謝罪でも口にしたほうが、まだこちらの怒りが収まるものだが、そんなことも分からないらしい。

「なんでここに来たんだ、アリブレット」

改めて聞く。敵対の意思をぶつけるように、俺は彼へと剣を傾けた。

アリブレットはしばらく黙っていたが、小さく息を吐いた。

「……おまえの『ガチャ』って能力は、どうやら神様がくれた上界を救ってくれる能力の一つらしいんだよ」

「俺の力が？」

「ああ。それに、おまえだけじゃないぞ？　お前の婚約者だったエリス様、それにミヌ様も同じく強力なスキルを持っているが、つまりはそういうことだったんだよ。公爵家の三家の子どもたちに神様は力を与えてくれたってわけだ」

アリブレットが淡々と語りだした。

俺の『ガチャ』が上界を救う？　教会とかで教えてもらったのだろうか。

確かに、このスキルは他のスキルよりも優秀だ。

アリブレットは、いや、ハバースト家はそれを聞いたから俺を迎えに来た、ってところか。

恐らくは上界と下界を繋ぐゲートを利用して、アリブレットはこの下界へと下りてきたんだろう。

なんて、自分勝手なんだ。

いや、そうか。

先ほどアリブレットは言っていたな。

エリスとミヌも、同じように力をもっている。

三大公爵家すべてが神から与えられた力を持っているというのに、ハバースト家だけはその力を持っていない。

だから、慌てて迎えに来たのか？

恐らく、今ハバースト家は俺を追放したことについてあれこれ国につつかれている可能性がある。

そうでなければ、アリブレットのような跡継ぎの保険がわざわざ下界に降りてくるはずがない。

あるいは、アリブレットに俺を連れ戻す以外の別の意図がある、とかだろうか。

まあ、何でもいい。

俺はもう、家とは無関係なんだ。

「俺はあんたたちにいらないと捨てられてここにいるんだよ。もうあんたらのところに戻るつもりはない」

「おいおい。オレたちはおまえに公爵の座も譲ろうって考えてるんだぜ？　そう言うなよ、な？」

アリブレットが下手に出てくること自体がおかしい。

……よっぽど、上からうるさく言われているんだろうな。

「……公爵の座なんざいらない」

貴族に拘りはないからな。

アリブレットはため息をつくようにして、こちらへと近づいてくる。

俺はあまり彼に接近されたくなかったため、後退していく。

「……なあ、クレスト。今まで色々といじめて悪かったよ。けど、おまえも分かるだろ？　オレは次男で長男にはどうしたって逆らえない。逆らえば、家での立場を失う。だから、仕方なかったんだよ」

「一緒に楽しんでいたように見えたのは気のせいか？」

俺は剣を一度軽く振って威嚇する。

その行動に、アリブレットが足を止めた。

黙った彼に俺は言葉を続けた。

「もう、帰ってくれないか？　俺はここで暮らしていく。今さら、上界になんて戻るつもりはないんだ」

近づいてきた彼は、俺の剣と言葉を受け、頭を一度かきむしる。

そして、苛立った様子でこちらを見てきた。

その顔には、先ほどまでの温厚な様子はかけらもない。

普段と同じ、馬鹿にしたように俺を見てきた。

「……いい加減、調子乗らねぇ方がいいぞクレスト？　最後の警告だ。オレと一緒についてこい。そうすりゃ、てめぇの家での立場を保障してやる」

「俺はここで生きていくって決めたんだよ。あんたについていくつもりはない」

俺がそう言葉を重ねた時だった。

アリブレットが口元をゆがめた。

「なら――こっちも好きにさせてもらうぜ！　ファイアキャノン！」

アリブレットが声を荒らげ、片手をあげた。

その手から放たれたのは火の弾だ。真っすぐに飛んできたそれを、俺は横に跳んでかわした。

「おい、騎士共！　こいつに奴隷の首輪をつけて連れ帰るぞ！」

「……かしこまりました」

騎士たちはすっと剣を構える。数は五人。アリブレット含めて、敵は六人だ。

アリブレットは、数の優位性からか酷薄な笑みをこぼしていた。

初めから、それが目的だったんだな。

「おとなしく従っておけばよぉ、傀儡《くぐつ》として仮初《かりそ》めの当主になれたってのによぉ」

「最初からなるつもりはないし、今だってついていくつもりはない」

「はっ！　何を言ってやがる？　そっちは一人だろ？　たかが一人で、何ができるんだよ」

俺はちらと視線をルフナとゴブリアに向ける。

彼女らがこくりと頷き、走り出す。

同時、俺は召喚士のスキルを発動。騎士たちの背後にルフナとゴブリアを召喚した。

「ゴブ‼」

「がる‼」

現れた二体は先制攻撃とばかりに騎士に躍りかかる。ゴブリアが殴ると、騎士は人形のように吹き飛ぶ。

ルフナが噛みつくと、その鋭利な牙が騎士の鎧をたやすく噛み砕いた。

「は⁉」

驚いたようにアリブレットが振り返る。

その隙に、俺は一気に距離をつめ、アリブレットの腕を剣の腹で殴りつけた。

「ぶべ⁉」

派手に地面を転がったアリブレットを一度無視し、騎士と向かいあう。

残る騎士は三人。ゴブリアとルフナが二人へ攻撃し、俺は残りの騎士へと斬りかかる。

剣の打ち合いになる。だが、技術、力、すべて俺が凌駕《りょうが》していた。

隙だらけとなった騎士の首に剣を叩きつけ、その体を蹴り飛ばした。

ルフナとゴブリアも戦闘を終え、俺のほうにやってきた。

二体の頭を軽く撫でると、がたがたと震えていたアリブレットがこちらを見ていた。

「て、てめぇ！　落ちこぼれのクレストの癖に、オレに逆らうのか⁉」

「逆らうも何も、俺は俺の自由を邪魔するっていうのなら、国だろうが世界だろうが相手にしてやるっ！　俺はもうクレスト・ハバーストじゃない！　ただのクレストだ！　親も家ももういらないんだよ！」

「……くそったれが！　ファイアキャノン！」

彼の放った火の弾に、俺は土の壁を出現させて受けた。

……この土魔法でさえ受け切れる程度に、彼のスキルは弱かった。

「ファイアキャノン！　ファイアキャノン！」

焦るように彼は何度も火の弾を放ってきたが、それをすべて土魔法で受け続ける。

アリブレットが再び叫ぼうとした時、彼は唇を噛んだ。顔色は悪く、魔力を失っているのが分かった。

近づいた俺は、彼の足へと剣を叩きつける。

「ぐああ！」

右足の次は左足を。両足から血が流れ、アリブレットが悲鳴をあげる。

……こんなところでいいだろう。

俺は彼へと振りぬいていた剣をさっと戻し、それから涙目のアリブレットを見る。

彼は懇願するようにこちらを見上げてくる。

そして、さらに続けた。

「いだい、いだい、助けてくれぇ、く、クレストぉ……いでぇよ、足が、いでぇ……うごかねぇよ……」

「助けてくれ？　……俺をいたぶった時あんたは助けてくれたか？」

「悪かった！　悪かったよぉ、頼む、もう、何もしないから……」

涙を流しながらそう腕を伸ばしてきたアリブレットに、俺は唇をぎゅっと噛んだ。

――復讐。

その文字が脳裏をかすめる。このまま殺してしまえば、すっきりとすることは十分に考えられる。

だが、それでは俺はこの男と同じ側の人間になってしまうのではないか？

こちらをうかがうように見てくるゴブリアとルフナを見て、俺は一度深呼吸をする。

それから、俺はポーションを彼に投げ渡した。

「上界に戻って報告しろ。これ以上俺に関わるな。次はないからな……っ！」

彼を通じて国に伝えてもらえれば、余計な敵はやってこなくなるだろう。

これ以上、上界の人間と関わりたくはない。もう俺はここで自由に生きていくと決めたんだ。

ポーションを渡した俺は、アリブレットの顔を見たくなかったので、背中を向けて歩き出した。

だが――次の瞬間だった。

ポーションを飲み終えたアリブレットから、魔力が溢れた。

「……ふざけやがって！　オレ様を散々コケにしやがったな‼」

俺は小さく息を吐いてから、振り返り、土魔法を展開する。

彼の一撃を魔法で受け止めた次の瞬間、俺は彼へと距離を詰め、その足を切り裂いた。

「ぐあぁ⁉」

「……」

彼が足を押さえ倒れる。

それから俺は、剣を鞘へと戻し、歩き出す。

「く、クレスト……っ！」

また、助けてくれ、と言うのだろうか？

……冗談じゃない。もう、彼にチャンスを与えるつもりはなかった。

「た、頼む！　助けてくれ！　もう何もしない！　本当だ！　それに、なんでもする！　頼む、頼むよぉ！」

俺は彼の言葉を無視して、歩き続ける。

その時だった。感知術に魔物の反応があった。

ゴブリンたちだ。恐らく血の臭いに誘われてきたのだろう。

俺はゴブリンたちがアリブレットのほうへと行くのを確認し、そちらに視線を向ける。

遠目に眺めていると、ゴブリンたちはアリブレットの体を運んで言っていた。

ゴブリンというのは、性欲の強い魔物と聞いたことがある。

男が犯されたこともあるというのは、何度か聞いたことがある。

ま、まさかあいつらアリブレットをそういう目的で――？

アリブレットは泣きながら悲鳴をあげていた。

「い、嫌だ！　だ、誰か助けてくれ！　誰か――――！」

ゴブリンが無理やり口を押さえつけていた。

うるさかったのだろうな。

まあ、生きていられるのなら良いんじゃないか？　俺はすでに、彼への復讐は済ませた。

その先の彼の人生を決めるのは、俺ではなくこの下界だ。

小さく息を吐いてから、俺はアリブレットに背中を向ける。

俺はもう、クレスト・ハバーストではない。

俺はただのクレスト。親も家も持たぬ、ただのクレストだ。

上界になんて戻らない。

貴族？　公爵？　そんなものに未練なんてない。

俺はここで自由に生きるんだ。

第11話　「新たな出会い」

アリブレットを撃退した俺は、拠点へと一度戻っていた。

俺はかなり強くなっているみたいだな。

神様が与えた力っていうのは本当なんだろうな。

それが、上界を救うための力か。

俺がいなければ、上界はどうなるのだろうか？

ミヌとエリスが頑張ってくれるかもな。

エリスはともかく、ミヌに負担をかけるのは少し申し訳なかった。

ミヌは学園時代から仲良くしていたからな。

お互い、家での扱いが悪かったので、自然と仲良くなったのだ。

「ゴブゴブ」

作った椅子に座っていた俺の膝に手を乗せるようにゴブリアが近づいてきて、首を傾げた。

俺は軽くその頭を撫でるとルフナも近づいてきた。

もふもふを堪能するように、ルフナの頭も撫でる。

「大丈夫だ、心配させて悪かったな」

何があろうが、俺は上界に戻ろうとは考えていなかった。

二体の頭を撫でた俺は、それからすぐに立ち上がった。

今日は精神的に疲れてしまったけど、一度息抜きがてら散歩にでも出かけようか。

「ゴブリア、ルフナ、ちょっと周囲を見に行こうか」

「ゴブ！」

「がぅ！」

嬉しそうに二体が鳴いて、俺のあとをついてくる。

そして、少し森を歩いた時だった。

俺の感知術が反応した。

なんだろうかこれは？　魔物同士が戦っているようにも感じるな。

ただ、何やら違和感があった。

普段と違う状況が気になり、そちらへと向かった俺は木の陰からこっそりとその状況をうかがい――。

見とれてしまった。

現場に着いた俺は、そこで戦闘を行っている一人の少女に目を奪われていた。

美しい銀色の髪が、動くたび揺れる。

踊るように剣を振りぬいている小柄な少女は、その表情や雰囲気からただ者ではないことが分かる。

きっと、俺と同じか下手をすれば年上なのかもしれない。

そんな少女はブレイドカウと戦っていた。ただ、あまり顔色が良くなかった。

どこか苦戦するように足を動かしていた彼女を放っておけるはずもなく、俺はゴブリアとルフナをちらと見た。

なぜここに少女がいるのか？　俺と同じように下界送りにされた人間なのか、あるいはそれ以外の人間なのか。

今はいいか。彼女を助けて直接話を聞ければそれが一番だ。

「あの子を助ける、手伝ってくれ」

俺がそう言うと、ゴブリアとルフナはちらとこちらを見て頷いた。

すぐに木の陰から飛びだす。

俺たちが登場すると、驚いた様子で少女が、そしてブレイドカウがこちらを見てきた。

「手を貸す！　言葉は分かるか⁉」

一番の心配はそこだった。

俺が叫ぶと、少女はこくりと頷いた。

俺が大地を蹴りつけ、ブレイドカウへと迫り斬りつける。

怯んだブレイドカウの体をゴブリアが殴り、ルフナが噛み千切った。

ブレイドカウが動かなくなったのを確認した俺は、周囲を再度警戒する。

もう、何もいないな。

俺が剣を鞘へとしまい、少女のほうを見た。

「……大丈夫か？」

「は、はい……ありがとうございます」

少女に手を差し出すと、彼女は軽く咳をしてから俺の手をとって立ちあがった。

少女はじっとこちらを見てくる。

可愛らしい少女に視線を向けられると、少し緊張する。

俺の頭から足先までを見てきた彼女に俺が首を傾げる。

「な、何かついているか？」

「いえ、その。えーと、人間、ですよね？」

……どういうことだ？

「ああ、そうだけど……キミは人間、じゃないのか？」

「人間に、見えますか？」

少女が首をこてんと傾げるように倒した。

いや、どこからどう見ても人間だと思うが。

そう思って少女をもう一度改めて観察した時だった。

——角があった。

少女の額……髪の生え際あたりに、二つの角が生えていた。

可愛らしく生えた小さな角だ。

つまり、この少女は人間ではなく亜人……なのか？

俺がその角に見とれていると、少女は微笑んだ。

「私は、ゴブリンクイーンです」

「ゴブリンクイーン、か」

そう言ってきた少女に向けて、俺は鑑定を使う。

確かに、少女の種族はゴブリンクイーンだった。

マジか。本気で驚いていた。

どこからどう見ても、人間だ。

それも、そこらの人間が逆立ちしても敵わないような可愛い子だ。

鑑定の結果、名前はないようだ。

それに――。

「……猛毒状態?」

「……分かるの、ですか?」

ゴブリンクイーンは猛毒状態と表示されていた。

「ああ……えーっと、とりあえずこれ飲んでみるか?」

俺はポイズンビーで作っておいた解毒用ポーションを彼女に渡してみた。

ゴブリンクイーンが驚いたようにこちらを見てきた。

「薬を作れるのですか?」

「一応、な」

「ですが、高価なものではないでしょうか？」

高価、という概念があるんだな。

心配そうにこちらを見てくる。困っている少女からお金を巻き上げるつもりはない。いや、この下界に金という概念があるのかどうかも分からないが。

「気にしないでくれ。色々と話も聞きたいんだ。その情報料だと思ってくれ」

俺が押し付けるように手渡すと、ゴブリンクイーンはすっと頭を下げてから解毒用ポーションを飲んだ。

「とても、おいしい！　それに、体の中にあった気持ち悪さも消えました……！」

「それなら良かった」

体調は戻ったようだ。

俺がほっと胸を撫でおろしていると、ゴブリンクイーンがじっとこちらを見てきた。

「……そ、その。先ほど助けていただいてこのようなことをお願いするのは恐縮なのですが」

「どうしたんだ？」

ぎゅっと唇を噛んだゴブリンクイーンが、こちらを見るように顔をあげた。

「私の村を、救ってはいただけないでしょうか？」

閑話 「貴族学園」

王立貴族学園。

ここは、国内の貴族たちが集まる学園だ。

昔の名残から、貴族学園という名称であったが、現在では一部の実力ある平民も通うことのできる学校だ。

通う子供たちは13歳から15歳までの子だ。

今年13歳になった俺も、五男とはいえ公爵家の貴族だ。そのため、学園に通うことになった。

この王立貴族学園には大きくわけて二つの学科がある。

貴族学科、騎士学科の二つだ。

貴族学科は、将来家を継ぎ、領地を得る者や誰かしらの貴族に嫁入りする予定の令嬢が通うことになっている。

俺はもちろん、家を継ぐことなんてないので、通っているのは騎士学科だ。

この騎士学科に、平民も通っていた。

そして今、その騎士学科に入学して初めての試験を受けていたのだが――。

○

相手の喉元に木剣を突きつけた俺に、対戦相手のミヌが口をへの字に曲げて剣を下ろした。

とても、不満そうである。……今日こそは俺を倒したいと語っていたのだから当然か。

「……降参」

ミヌはぶすーっとした表情でそう言って、俺がそれに苦笑する。と、それまでの表情が嘘だったかのようにミヌは笑みを浮かべた。

「さすが、クレスト。まったく歯が立たなかった」

「いや……そんなことはないだろ？　こっちもいっぱいいっぱいだっての」

俺がそう答えながら場から離れるように歩いたところで、周囲で眺めていた生徒たちが、声をあげる。

「す、すげぇ……」

「またクレストが十人抜きかよ」

十人抜き。俺は先ほどミヌを倒したことで、それを成し遂げた。

今やっていたのは模擬戦だ。講師が一人生徒を指名し、その生徒に次々と残りの生徒が挑んでいく。勝った方がその場に残り、次の対戦相手と戦う。

負けるまで場に残るのだが、授業中の模擬戦で俺があまりにも連勝してしまうため、十人という制限が設けられた。

　元々それなりに剣の才能はあったのだろうが……昔から剣の訓練と称されて、散々な指導を受けさせられてきた成果が出ていた。

　俺はため息をつきながら、汗をぬぐう。

　そのタオルからはふわりとエリスの匂いが届いた。……そう、俺の婚約者であるエリスだ。タオルとともに婚約者のことを思い出しながら、俺は少し離れた場所を見ていた。

　今俺たちが訓練を行っている校庭を、遠くから眺めている生徒たちがいる。授業が休みの貴族たちだ。

　エリスの姿を探したが、今は彼女はいないようだ。代わりに、他の令嬢と目があって嬉しそうに手を振られた。俺は失礼のない程度の会釈を返すと、一層黄色い声援があちこちからあがった。

　エリスは貴族学科の生徒だ。毎朝一緒に登校してきているのだが、このタオルはその時に渡されているものだ。

　別に自分で用意できるから良いと断っているのだが、エリスは毎日ちゃんと準備してくれていた。

　と、次の模擬戦がくるまで体を休めていると、校庭を囲む生徒が増えているのが分かった。

　貴族学科の生徒たちだ。彼らの授業時間は騎士学科と比較すると短いからな。

　その中に、エリスの姿を見つけた。彼女も俺のほうを見て、小さく片手をあげていたので同じように返した。

「それでは、模擬戦をもう一度行う。まずは、クレストだ！」

講師が声を張りあげ、休憩を終えた俺が立ち上がる。

ちらと視線をエリスのほうを見ると、彼女は何やら口を動かした。彼女は嬉しそうに微笑み、手を振ってくれたので俺も小さく振った。

すると、エリスとは別のご令嬢たちから声があがった。

「クレスト様がこちらを見て手を振ってくれましたよ！」

「本当ですわ！」

いや、エリスに対してなんだけど。

……俺が公爵家ということもあってか、令嬢たちは盛り上がっている。俺との仲を深めようとする人はわりと多いのだ。

ここにいると、家での扱いが嘘のように感じてしまう。

俺はもうそちらは忘れることにして、対戦相手に視線を向ける。相手は——ミヌだ。彼女は木剣を握り、こちらを見据えていた。

「さっきは負けた。けど、もう負けない」

まだ寝に持っている様子のミヌに苦笑する。

「俺だって負けないからな」

「望むところ、覚悟クレスト」

「……ああ、行くぞミヌ！」

講師の宣言に合わせ、俺はミヌへと斬りかかった。

○

教室で今日最後の授業を受け終えたところで、ミヌがこちらにやってきた。

「クレスト、放課後訓練に付き合ってほしい」

くいくい、と服の裾を引っ張ってきたミヌにこくりと頷く。

「ああ、いいよ」

エリスと一緒に帰る予定だけど、別に毎日ではない。今日はミヌの訓練に付き合うからといえば許してくれるだろう。

嬉しそうに頬を赤らめるミヌとともに席を立ちあがったところで、教室にエリスがやってきた。

エリスはこちらを見て頬を緩めた後、ミヌを見て顔をしかめる。しかし、それは一瞬ですぐに笑みを浮かべた。

「あっクレスト。一緒に帰りますわよ」

「ああ、エリス。ちょっと悪い。ミヌが訓練に付き合ってほしいそうなんだ」

きちんと伝えればエリスは受け入れてくれる。いつもはそうだったのだが――エリスは顔を曇らせ、首を横に振った。

「……嫌です。一緒に帰りますわよ、クレスト」

……ここ最近、エリスはこういうことが増えてきた。

さすがにこれを拒否するのは婚約者としてダメだろう。……そもそも、俺はエリスがいないと家での立場がないからな。

「あー、そのミヌ。また休み時間とかでもいいか？」

俺が言うとミヌはエリスを一瞥してから、こくんと頷いた。

「分かった」

「悪いな」

ミヌの剣は参考になる部分が多いので一緒に訓練したかったんだけどな。

少し名残惜しかったがミヌと別れたあと、エリスとともに教室を出た。校内にある学生寮を目指して歩き出したところで、エリスが頬を膨らませ俺の腕をつかんだ。

「……クレスト。あなたはわたくしの婚約者ですのよ？　他の女性と二人きりなどダメですわ」

「分かってるけど、でも騎士として訓練するだけだぞ？　別に変なことするわけじゃないぞ？」

「ですが、相手だって同じように考えているかは分かりませんわ。その辺り、しっかり考えて行動してくださいまし」

「相手って……ミヌが何か変なこと考えているって言いたいのか？」

別にそんなことないと思うけど。しかし、エリスはどうやらそう考えているようでこくりと頷く。

「ええ、そうですわ。ミヌは……きっとあなたに何かよからぬことを企んでいますのよ」

「いや、それは――」

「……とにかく、あなたはわたくしと一緒にいれば、それで良いのです！」

「……」

言い切ってきたエリスに、俺は小さく息を吐いた。

……エリスは最近なんだかこうなのだ。独占欲が強いというかなんというか。

女子寮の前についたところで、エリスがくるりと振り返る。

「それではクレスト、また明日ですわね」

「ああ、また明日」

そう言って、俺たちは別れた。

○

次の日の朝だった。

「あ、あの……これ、その使ってください！」

そう言って、一人の女性がタオルを渡してきた。頬を赤らめながら差し出してきた彼女はもちろん貴族だった。

むげに扱い、家の評判を落とすわけにはいかない俺は苦笑とともにそれを受け取った。

「あ、ああ。ありがとう」

そう短く返す。あまり表情にこそ出していないが、出来ればこういったことはもうやめてほしいという気持ちをうっすらと浮かべてみたが、女性に俺の考えが届いている様子はなかった。

去っていった彼女を見ながら、朝の訓練で使った道具を片付けていると、

「……クレスト」

ぽつり、と呟くような声で俺の名前が呼ばれた。

聞きなれた声だったけど、なんだかいつもよりもどこか冷たい。振りかえるとやっぱりそこにはエリスがいた。

「エリス、どうしたんだ？」

彼女の視線は俺が先ほど受け取ったタオルに注がれていた。……やっぱり気にしているか。もしかしたら先ほどの場面を見られた可能性もある。

「さっき、渡されたんだ。一応家の体面もあるし――」

「ですわね。わたくしが捨てておきますわ」

にこり、と微笑みエリスは俺の手からタオルをひったくると、そのまま歩き去っていった。

……なんだかいつもよりも怖い雰囲気があったな。

俺が彼女を呼び止めようとしたが、エリスはすたすたと歩き去って行ってしまったため、俺もそれ以上は言えなかった。

○

今日の放課後は、騎士学科での合同訓練がある。

それに参加するため校庭に出たのだが、空はうっすらと暗くなっていた。

「今日は雨が降りそう」

ミヌが隣に並びながらそう言ってきた。彼女が空を見上げるのにつられ、俺もそちらを眺めた。

確かに、もうすぐ雨が降ってきそうな空だ。……今日の放課後の訓練はそう長くは行われないだろう。

そんなことを考えながら、騎士学科の訓練を始める。

放課後、ということもあってギャラリーはあまりいない。エリスも今日は先に帰ってやることがあると話していたため、そこにはいないようだった。

しばらくして、雨が降り始めた。しとしとと雨が校庭をしめらし、雨の日独特の鼻をつく臭いが充満する。講師は空を見て、降り始めた雨にいら立ちのようなものを込めるようにため息をついてから、声を荒らげた。

「……ここで訓練は終わりだ！　すぐに各自荷物を片付けろ！　風邪だけは引かないようにな！」

講師の声に、喜ぶ者もいれば悲しむ者と様々だ。俺はどちらかといえば後者だ。訓練は好きなほうだからな。

荷物を片付け、すぐに校舎へと戻った俺は、持ってきていた傘を手に取った。

「うわ、傘持ってきてねぇや！」

「まあ、別にさっさと寮まで帰れば問題ないだろ？」

「そうだな」

それほど寮までは遠くない。彼らの言うように走って帰れば問題はないだろう。俺は傘を握りながらちらちらとミヌのほうを見る。彼女は小さくため息をついていたが、やがてこちらに気づいて苦笑をもらしていた。

彼女の表情、そして動きから、彼女も先ほどの生徒同様の状況に追い込まれているのかと思った。

「ミヌ、傘忘れたのか？」

「……うん。仕方ない。走って帰る」

……それが男子ならまあ別にいいんじゃないかと笑って飛ばせたのだが、ミヌは頑丈とはいえ女性だからな。

それに、男子寮よりも女子寮のほうが遠い。俺は自分の傘を彼女に差し出した。

「え、どうしたの？」

「使っていいぞ？」

「わ、悪い。それで、クレストに風邪をひかれてしまっては申し訳がない」

「気にするなよ。俺なんて走って帰れば問題ないんだから」

俺の言葉にミヌは頬をかいていた。俺はどうすれば彼女にこの傘を押し付けて帰れるだろうかとあれこれ思考を巡らせていたのだが、やがてミヌは頬を赤らめながらこちらを上目遣いに見てきた。

その可愛らしい表情に一瞬ドキリとさせられる。そして、彼女の柔らかそうな唇が動いた。

「そ、それじゃあ……その、一緒に帰る？」

「……え？　どういうことだ？」

「だ、だから……その傘、私をその……ちょっと遠回りになるかも、だけど……寮まで一緒に帰れば問題ないから」

「い、いや……それは。俺のことは気にせず、傘使っていいから」

ちら、とエリスの顔が浮かんだ。さすがに風邪を引かせないために一緒に帰るくらいでエリスが怒ることはないとは思うが、多少の不安があった。

……最近、エリスの独占欲が強くなっている気がしていたからだ。

そして、一度思った不安は中々ぬぐえないのだが、ミヌは首を横に振った。

「悪いから、いい。私、走って帰るから！」

多少頑固なところがあるミヌは俺から逃げるようにそう宣言して教室の外へと向かってしまう。

そのまま見送るわけにはいかず、俺は彼女の手をつかんだ。

「女子寮まで送るよ。さすがにそれで風邪を引かれたら気分が悪い」

彼女は驚いたように振り返り、頬を赤らめながらこちらを見てこくりと頷いた。

「……あ、ありがと」

「そんじゃさっさと行くぞ」

俺はミヌとともに校舎を出る。傘を広げ、ミヌとともに歩いていく。

ミヌとの距離が近い。普段以上にミヌは黙りこくってしまったため、俺はちらとそちらを見てみる。

「どうしたんだ？」

「え？　ううん……なんでもない」

答えたミヌは頬を赤らめ、嬉しそうに笑っていた。

それからともに歩いていき、やがて女子寮が見えてきたところだった。エリスを発見したのは。

傘を二本持っていたエリスと目が合う。彼女はじっとミヌを見てから、こちらへと近づいてきた。

「クレスト、どうして一緒に帰っていますの？」

「ミヌが傘を忘れたらしくてな。さすがに濡れて帰ったら風邪を引くかもしれないと思って」

ちら、とエリスはミヌを見る。そのエリスの眼光はとても鋭かったが、同じ公爵家ということもあってかミヌは堂々とした様子で、その視線に向かっていった。

「私が頼んだ。申し訳ない」

「……ふん」

エリスは小さく鼻をならして、ミヌから視線を外した。

……下手したら爆弾が爆発していた可能性もあったが、ひとまずは問題なさそうだな。

俺がほっと胸をなでおろしながらミヌが女子寮の方へと向かったのを見届けた時だった。

エリスがぎゅっとこちらの手を掴んできた。

……痛い。いつもとは違う。繋ぐためのものではなく、まるで握りつぶすかのようなものだった。まるで骨までも砕こうとするかのようなその行動に、俺が驚いてエリスを見ると、彼女の表情は酷く冷たい顔をしていた。

「クレスト、調子に乗ってはいけませんわよ」

……エリス？　俺が何かを言おうとした時、彼女はじっとこちらを見てきた。

「あなたはどうしようもないんですの。成績は優秀でも親殺し、なんでしょう？」

「……っ」

俺が生まれた時のこと。一番触れられたくないそれを……エリスに言われるとは思っていなかった。脳をがつんと殴られたような衝撃。俺が硬直してしまうと、エリスはにこりと微笑んだ。

「あなたは、わたくしが婚約者でなければとっくに家を追放されていたような存在なんです。ですから、あなたは――わたくしとだけいればいいんですわよ。捨てられたくは、ないでしょう」

彼女の言葉に、俺は小さく頷くしかなかった。

本書に対するご意見、ご感想をお寄せください。

あて先

〒162-8540 東京都新宿区東五軒町3-28
双葉社　モンスター文庫編集部
「木嶋隆太先生」係／「卵の黄身先生」係
もしくは monster@futabasha.co.jp まで

ハズレスキル『ガチャ』で追放《ついほう》された俺《おれ》は、わがまま幼《おさな》馴染《なじみ》を絶縁《ぜつえん》し覚醒《かくせい》する　～万能《ばんのう》チートスキルをゲットして、目指《めざ》せ楽々最強《らくらくさいきょう》スローライフ！～

2020年11月2日　第1刷発行

著　者　木《き》嶋《じま》隆《りゅう》太《た》

発行者　島野浩二

発行所　株式会社双葉社
〒162-8540　東京都新宿区東五軒町3番28号
［電話］03-5261-4818（営業）　03-5261-4851（編集）
http://www.futabasha.co.jp/（双葉社の書籍・コミック・ムックが買えます）

印刷・製本所　三晃印刷株式会社

［電話］03-5261-4822（製作部）
ISBN 978-4-575-24340-6 C0093　